鬼道少女
1
我的鄰居是天狐
逢時 — 著
YinYin — 繪

楔子

天狐本該是世間珍貴的靈獸，
但壞就壞在，這隻天狐的九條白尾中有一條是黑尾。

十萬里深的幽暗地底，仙人飄然而至。

仙人紆尊降貴，遠道至此，駐守此地的幽冥鬼將惶恐不已，紛紛跪了一地，金戈鐵甲撞擊出清脆的聲響。

仙人不以爲意，徑直走向其中一個鐵籠。

巨大的鐵籠高百呎、寬千呎，裡頭關著一隻巨大的狐狸，正垂著腦袋悶頭睡覺。仙人的仙氣逼人，狐狸卻裝作渾然不覺。

「天狐。」

仙人輕觸鐵籠外的欄杆，大地頓時震動了起來。

裡頭那隻狐狸微微抬頭看一眼後，再度趴下來，還用爪子蓋住自己的臉。

意思很明顯，老子不想甩你，別煩我。

「天狐，該是你履行職責的時候了。」

仙人的嗓音低迴，從唇瓣中輕吐，這聲音連世界上最會唱歌的鳥兒聽了都要自慚形穢。只可惜現在是對狐彈琴，某狐說不理就是不理。

仙人淡漠一笑，他有的是方法。他筆直穿過欄杆，走到狐狸面前，陣陣仙氣如針刺，讓裝睡的狐狸皺起眉頭。

「天狐，你不想要自由了嗎？」

仙人的問話直截了當，身後一地的幽冥鬼將頓時驚恐，這裡的每隻魔物只要放出去一日，都將會禍害人間百年，而仙人今日竟要縱放天狐？

但仙人身分尊貴，所有幽冥鬼將眼觀鼻鼻觀心，一陣吸氣聲過後，竟是無人說話。

天狐在心中默默嘆一口氣，看來想繼續睡大覺是不可能了。

牠抬起頭，「千年以前，你們為了束縛我的自由，拘我至此，並將我打為獸形。千年之後，你們又要我為了自由付出什麼？」

牠的眼型修長，極為漂亮，通體雪白，身後九條尾巴微微交錯甩動著。牠是天狐，從天地間誕生的狐狸，所以牠沒有爹娘，也沒有手足。

千年之前，牠才剛剛甦醒，就被拎著後頸扔進這裡。

幽冥鬼將曾經宣讀過牠的罪行，他們說——天狐本該是世間珍貴的靈獸，有人身、通人語，還能穿梭於陰陽兩界，但壞就壞在，這隻天狐的九條尾巴中有一條是黑的。

黑尾並不尋常，甚至突兀。

仙人們為此嘰哩咕嚕地討論過一回，最後達成共識，黑尾是世間邪氣所化，總有一天會奪去天狐的神智，讓牠從神獸墮為魔物，因此必須囚禁起來。

從那天開始，天狐就再也沒離開過地底，直到這個不知道是哪根蔥的仙人走到牠面前，問牠要不要自由。

「替我殺一個人。」仙人微微一笑。

天狐嗤笑，「怎麼?當初不是怕我爲惡，現在卻要放我去殺人?」牠瞇細了眼睛，定定地凝視著眼前的仙人。

「殺一人，除天地一害，很划算。」仙人伸出手摸摸天狐的腦袋。

天狐厭惡地閃開，雙眼卻亮了起來。或許牠眞的如那些仙人所說，不是純淨的天狐，已經沾染邪氣了，自由兩字太具誘惑力，如果能出去透透氣跑跑腿，那要牠殺一個人還眞不算什麼。

牠咧開嘴，露出銀亮的牙齒，「快跟大爺我說說，哪個凡人這麼有福氣?」

仙人彈了彈指，巨大的狐狸站了起來，由四肢著地逐漸轉爲兩腳站立，化成人形，身上裹著仙人扔過來的外袍，跟著對方走了出去。

第一章

「嗨，我以後會跟在妳身邊，隨時準備殺掉妳。」

天狐蹲在樹上，透過窗戶朝眼前的屋裡看進去，裡頭有個人。牠……不，現在是人形了，他眼珠子轉了一圈，思考著該怎麼摸進去。

屋裡那個人姓葉，名千秋，是個女的。

眼下看起來，葉千秋雖然貨眞價實是個人，但把他放出來的那名仙人說了，葉千秋是鬼子，也就是半人半鬼，總有一天會被鬼氣浸淫，變成疫鬼，到時候將會禍害人間數千萬眾生，必須盡早剷除。

天狐嗤了一聲，敢情這個倒楣鬼的命運跟他差不多？

不過天狐可不是個傻子，當時他問了仙人一句：「那爲什麼不現在就殺了她？」

仙人半抬起眼皮，「上天有好生之德。」

你屁！

天狐心裡罵了一句，只是他到底還知道自己的處境，幽深地底裡什麼魔物都有，成千上萬不計其數，要是這名仙人明天就把他扔回去，換一隻聽話的來執行任務，那他不就白白失去機會了？

所以，自認乖巧的天狐什麼都不問，要來人間之前只再問了最後一句，表現出自己是個少說話多做事的優良殺手。

「那我什麼時候可以殺她？」

仙人一臉莫測高深，「等她被鬼氣浸淫成疫鬼時。」

天狐在心裡嘟噥著，這要等到什麼時候？不過，要是這女人一輩子都沒被鬼氣浸淫，那他不就可以在人間偷個幾十年的快活？

天狐可沒傻到以爲殺了這個葉千秋後，自己就眞能得到自由了。

這麼一想，他心裡頓時樂開了花，也不去深思那名鬼子到底什麼時候會變成疫鬼了。

他踏著輕快的步伐走入人間，找到了獨自一人在家的葉千秋，接著輕輕一躍跳上樹，苦思了大半天。

天狐這種靈獸甫出生即擁有天地記憶，能通陰陽。

只是，這隻有條黑尾巴的天狐特別倒楣，一出生就被關在地底千年，縱然有天賦異能，能辨認各種靈獸與妖怪，卻不知道該怎麼勾搭一名少女。

葉千秋今年十八歲，父母雙亡，租了一間房獨居。天狐蹲在樹上看著她，心裡默念一遍仙人告訴他的資訊，抓了抓頭，還眞想不出要怎麼跟這個會被自己殺掉的倒楣鬼相見歡。

「嗨，我以後會跟在妳身邊，隨時準備殺掉妳。」

——恐怕會被當成瘋子。

「嗨，我身無分文，居無定所，可以收留我嗎？」

天狐唾棄了自己一把，這話聽起來活像求包養。

但是如果不正大光明地混到葉千秋身邊，難道要永遠人家在屋裡睡，他在樹上看嗎？天狐瞄了一眼天色，眞是怕什麼來什麼，似乎快下雨了。

他刮了刮臉頰，先布置了一個防水結界，接著挪了個姿勢，繼續望著窗子裡頭的葉千秋。從下午到現在，好幾個小時過去了，這女人都沒換過位置，就坐在椅子上操縱著滑鼠，劈里啪啦地點著。

天狐閉上眼睛，他知道葉千秋在幹麼。

他搜尋過記憶中的資料，明白她這是在打電動，用那台叫做電腦的機器找樂子。只是她一臉嚴肅，彷彿在幹什麼天大的事情。

天狐也不管不顧，反正他窩在這裡，一般人沒個2.0的視力是看不見他的，更別說不少人類都還要戴副叫做眼鏡的小玻璃才能看清楚東西。

天狐安安穩穩地睡著了，淅瀝雨聲迴盪在耳邊，他翻了個身，心兒酸酸，撈出自己的記憶比對一番——原來這就是雨聲，這樣的吵雜又這樣的靜謐，吵得像是要讓人不得安生，靜得又像是全世界就只剩下自己。

天狐苦笑一聲，將手伸出結界外，盛了一手心的雨水，冰冰冷冷的溼意滲了進來。他緩緩收攏手掌，雨水全數從指縫間溢出，連一點都沒留下。

呵……莫強求、莫強求。

天狐握緊拳頭，指甲都陷入了肉中。

夜色逐漸深了，這場雨還在下，下得聲勢磅礴，天狐看見那扇小窗裡的燈光暗了下來。

那個打了大半夜遊戲的少女撐著一把傘，走入了淅淅瀝瀝的雨聲中。她頭髮披散在肩上，穿著一件白色的連身裙，手握銀刀。

少女走了過來，站在樹下，輕聲開口。

「你是來殺我的嗎？」

她的問句一出，天狐差點從樹上栽下來，一是他沒想到自己的藏身之處竟然如此輕易被看穿，二是這位小姐也太鎮定了點，明知道他是來殺她的，還特意走到他面前問上這樣一句。

天狐抹了抹臉，從樹上躍下，落在葉千秋面前。

化爲人形的天狐，看起來年紀甚至比葉千秋還小上一點，他的膚色蒼白，畢竟這輩子沒晒過幾天太陽；身子也單薄，只比葉千秋高上一個頭，大概一百七十公分而已。

他頂著一頭亂糟糟的白髮，罩著一件外套，下身是一條藍色牛仔褲，踩著一雙藍白拖鞋。這是他剛剛隨意挑了個路過樹下的凡人，依照其身上所穿的服裝樣式，替自己幻化而成的。

他狀似隨意地倚在溼淋淋的樹幹上，對著葉千秋頷首，「是。」

葉千秋一瞬也不瞬地看著他，「但你沒有殺意。」

天狐頓時失笑，眼眸眨了一下，金黃色的眼珠睜圓了一些，「那這樣呢？」

他外型未改，身形也沒動，渾身卻散發出一股排山倒海而來的壓迫感，逼得葉千秋幾乎跪下。她死命咬住牙，嬌嫩的臉上流露出不甘的神情，「現在就要殺我嗎？」

天狐愣了一下，殺意隨即消散於無形，「也不是，改天再殺。」

葉千秋深吸一口氣，後退一步，下一秒卻在天狐驚愕的目光中，揮出一直握在手上的刀，以雷霆萬鈞的氣勢向前一砍，「那我先殺了你！」

少女的聲線本應嬌美，葉千秋的喊聲卻像以砂紙磨過一樣低啞，她速度極快，刀刀致命，竟然逼得天狐有些左支右絀。

但天狐終究是天狐，他幾個閃躲後就游刃有餘了，甚至開了口，有些困惑，「妳自己也知道打不過我，我都已經說不會馬上殺妳了，妳不多珍惜一下活著的時間嗎？」

葉千秋沒有搭理他，每一招都無懈可擊，只是天狐畢竟層次遠高於凡人，他一躍，再度跳上老樹，接著借力使力往下一跳，恰恰好用兩指夾住葉千秋的刀鋒，輕輕一甩，那把刀立刻飛出老遠。

他輕而易舉地卸了葉千秋的刀。

葉千秋不住地喘氣，好強，她從來沒遇過這麼強的對手。她卻仍然不肯放棄，以手化掌，掌風犀利，暴力地攻了上去。

天狐簡直頭痛了。

仙人說得很清楚，得等這傢伙變成疫鬼才能殺，現在殺了，說不定那個該死的仙人會剝下他的狐狸皮，也不用再把他關回幽冥地底了。

他迅速遊走在葉千秋身周，「放棄吧，妳早晚要死的。再說，雖然妳是如此弱小的凡人，但人類擁有靈魂，妳死了還能投胎，就能擺脫這輩子亂七八糟的命運了。」

亂七八糟的命運……

他的話讓葉千秋頓了一下，隨後她的攻勢變得更加凌厲，回了天狐一句話，「命運是什麼？我不服。」

她的話讓天狐徹底怔住了，像他這樣的尊貴存在都不曾想過違逆命運，眼前這名凡人少女，卻在雷雨之中，舉重若輕地說了這樣的話。

天狐大笑，心裡說不清是什麼滋味，此時他門戶洞開，幾乎稱得上毫無防備，而這樣的機會，葉千秋是不會放過的。

下一秒，葉千秋的掌就到了他面前，幾乎要迎面砸上天靈蓋。

天狐哂然一笑，「妳不想死，我也不想。」

說完，他消失在空氣中，消失在葉千秋面前。

葉千秋放下抬起的手，撿回自己的刀插進腰間，這把刀彷彿原本就是她身體的一部分，竟瞬間自動隱蔽不見。

她拾起傘，施施然走向雨中。

葉千秋有種預感，她應該很快就會再看到那個宣稱要殺她的古怪傢伙。

她從未這麼希望自己的預感不要成真，但隔天她在屋外布陣的時候，那名少年果然又蹲在附近的樹上盯著她瞧了。

葉千秋咬了咬唇瓣，她沒時間去搭理對方，眼下這個陣已經差不多完成，可以逼出那隻潛伏在地底下的餓死鬼了。於是，她用力把手上的銀刀插入陣眼中的噴水池。

黑色的鬼氣從陣眼往外擴散，不遠處的天狐挑了挑眉，他並不喜歡這股鬼氣。畢竟就算他的尾巴有一條是黑的，也是天地靈氣所化，自然與鬼氣格格不入。

不過這點鬼氣他還不放在眼裡，所以只是換個姿勢，又繼續看著葉千秋。

那天葉千秋說的話讓他心頭有了一絲觸動，他雖然不想承認，其實為此煩躁不堪，於是乾脆找了個地方，不管不顧地蒙頭大睡。

睡過了三日，天狐冷笑一聲，翻身而起，又回來找葉千秋。

葉千秋年歲不到雙十，還能夠這樣毫無顧忌地喊上一句不服命運。

但他呢？千年的牢獄之災，足夠讓他學個乖了。

他不知道那個驅使他前來的仙人在哪裡，他只知道，他最好乖乖把這差事辦好，這樣說不定還能當仙人的一條看門狐。

因此他來了，他蹲在這裡，看著被鬼氣浸淫了大半個身軀的葉千秋，正不要命地催動鬼氣，試圖逼出躲在地底下的餓死鬼。

那隻餓死鬼果然如葉千秋所願，渾身纏著張狂的鬼氣，從地底竄了上來，張牙舞爪地撲向她，身上散發著一股惡臭，天性愛潔的天狐忍不住皺了皺鼻子。

葉千秋彷彿毫無所覺，她猛然舉起那把銀色的刀，在月光下衝向那隻醜陋的餓死鬼。

餓死鬼骨瘦如柴，雙手跟雙腳都十分纖細，肚子卻大得驚人。

傳聞中，餓死鬼腹中有火炭，日夜灼燒，令其痛苦不堪，只能夠用進食來化解這種飢餓，但無論他吞下多少食物，腹中的火炭都不會熄滅，甚至還會燃燒得更加熾烈。

天狐瞇起眼睛，餓死鬼已經算是地府中窮凶極惡的鬼了，怎麼會莫名跑來人間？不知道葉千秋到底行不行，如果她因此死在這裡，那他的任務算不算完成呢？

天狐滿腦子胡思亂想，雙手卻攏在袖子裡，沒有任何前去幫忙的意思。

葉千秋敢隻身對付餓死鬼，當然還是有些把握的。

她將手上的刀高舉過頭，義無反顧地向前直衝，與餓死鬼在空中錯身而過，刀刃和餓死鬼纖細的手掌撞在一起，葉千秋頓時一使巧勁，削下了餓死鬼的雙掌。

餓死鬼吃痛，更加暴躁，他狂吼出聲，開始嘔吐，這突如其來的一招讓原本面無表情的葉千秋愣了一下，還沒反應過來，餓死鬼就吐出了一地的屍骨。這些屍骨顫巍巍地站起來，搖搖晃晃地朝葉千秋前進。

遠處的天狐看得仔細，那些屍骨竟然都是幼兒體型，這隻餓死鬼眞是該死，竟然吃人類的幼兒！

他面色一凜，而遠處的葉千秋已經動了起來，以長刀俐落地劈散這些骨架，面不改色，彷彿在切西瓜一樣。屍骨發出嗚嗚咽咽的尖細哭聲，她仍然不爲所動，刀鋒橫掃一片，頭骨紛紛掉了一地。

幼兒頭骨咕嚕咕嚕滾動著，一致地持續啼哭。它們身首異處，就算下半身仍然在地上來回走動，卻不斷撞在一起，已經無法再受餓死鬼驅使了。

餓死鬼終於眞正感到害怕了。

他渾渾噩噩來到這裡，渾渾噩噩吃了人，現在難道要渾渾噩噩死去嗎？不！他不甘心！他憤怒地發出難聽吼聲，肚子裡的火焰燃燒了起來，全身像是著火了一樣，衝向葉千秋，速度竟比剛剛更快了。

葉千秋反手揮出長刀，刀刃錚鳴，她同樣衝向餓死鬼，雙方再度交錯。

葉千秋將刀舉至與自己的視線平行，雷霆萬鈞地揮了出去。

餓死鬼那張幽深不見底的嘴巴張到最大，染著腥臭的牙齒狠狠咬下。

葉千秋跟餓死鬼在空中不斷搏擊，她的一起一落都是藉助跳躍的力量，畢竟她只是凡人，並沒有翅膀，但她身手敏捷，動作竟反倒比能夠飄離地面的餓死鬼還靈活一些。

每次攻擊一命中，葉千秋就會立刻撤離，很快，餓死鬼身上已經布滿了各種傷痕。可是他根本不在乎，這些傷只要吃個人就能立刻癒合，現在，他只想把眼前這隻蟲子碾死在這裡！

餓死鬼攻勢凌厲，幾次張嘴都差點咬到葉千秋。

葉千秋彷彿即將力竭，她一個後退，餓死鬼隨即狠狠咬了上來，葉千秋卻瞇起眼睛，微微一笑，獵物已經落入了她的陷阱。

她立刻不退反進，長刀迅速橫劈出去，只是這麼一下，餓死鬼身形頓時不穩，接著向前栽倒，面朝下趴在地上，再也動彈不得。他的頭、身、腹、腿，各被斬成四段，來枝竹籤都能串起來烤了。

遠處的天狐見到這一幕，不禁摸摸鼻子。這女人的刀好快。

只是，葉千秋雖然仍站立著，卻也是一個踉蹌，她的肩頭一片血肉模糊，上頭還有遭到炙燒的痕跡。葉千秋嗅了嗅，看著自己的肩膀苦笑，都能聞到熟肉味了……

她好不容易站穩了，便舉高手上的刀，往餓死鬼的後背直直戳了下去。銀刀一插入餓死鬼的身軀，竟然散發出黑色光芒，天狐看得仔細，驚訝得把眼珠子都瞪圓了。

他急匆匆地奔過來，一把按住葉千秋的手，想將她的手從刀柄上拔開，並且下意識就開口吼了人家：「妳是個白痴對吧？妳不是不想死，那爲什麼還要吸收鬼氣？」

他吼的這一段話中氣十足，只是葉千秋面沉如水，似乎完全不把他當一回事。片刻後，她抬起手，將銀刀再度插回身體裡，「你有別的辦法能殺他嗎？」

她指著地上身軀逐漸消散的餓死鬼。

她的問題讓天狐一愣。說實話，他瞬間就能說出百八十種殺掉餓死鬼的方法，讓這鬼物連一絲痕跡都不再存於世上。

葉千秋沒等他說出這百八十種方法，自顧自地繼續道：「我沒有。我除了用這把刀以外，不知道還有什麼方法能殺掉他。我不想死，但也不想讓他活。」

她晃了晃，心想這次肩膀的傷勢太重了，得去姨那裡一趟了。

她逕自往回走，看起來十分鎮定，天狐卻知道，葉千秋還在防備著他。他一咬牙，跟了上去，攔住葉千秋，「可是妳幹麼管餓死鬼？」他抓抓頭，「我的意思是，他又不可能腦子壞了犯到妳頭上，妳……」

葉千秋疑惑地看他一眼，打斷他的話，「你在說什麼？這裡是我住的地方，還叫沒犯著我？」

她又拋下天狐往前走，感覺頭越來越暈了。她不知道自己撐不撐得到姨那裡，後面那個傢伙要是跟過來就麻煩了，她現在一點力氣都使不上。

但總是怕什麼來什麼，天狐忽然又一個箭步擋在她面前，深深吸一口氣，「讓我跟在妳身邊，我暫時不殺妳。」

葉千秋用一種看笨蛋般的眼神看著天狐。

天狐抹了抹臉，「我要殺妳輕而易舉，可是我要等妳變成疫鬼才能下手，妳懂我在說什麼嗎？就是妳被鬼氣徹底浸淫的時候。所以妳不用怕我，我現在不會殺妳。」

葉千秋點點頭，她知道這傢伙在說什麼。

接著她再次繞過了他，連一句話都懶得說。

天狐恨恨地一咬牙，又想跟上去，葉千秋轉過頭瞪著他，「別再跟著我了，不然我殺了你。」

她的聲音平穩，卻無比森然，眼底的光芒竟像冰霜一樣寒冷，饒是天狐也愣了一下。只是他這一愣不是被葉千秋嚇的，而是因爲他險些笑出來。

葉千秋跟他的差距不只一點半點，他就算只用一根小指也能碾死葉千秋……不對，他一個眼神就能殺死葉千秋。

天狐糾結了。

他糾結於該用何種方法殺死葉千秋，殺死這個膽敢跟他叫板的嬌弱凡人。就在他思考的時候，葉千秋招了招手，攔下一輛計程車，揚長而去。

等到天狐反應過來時，早已不見人影。

葉千秋一直到踏進一戶民宅的大門後，才徹底放鬆下來。她直接在一樓玄關處暈了過去，人事不知，連呼喊一聲都沒有，屋內的人卻知道她來了。

一名女子走了過來，她的肌膚溫潤如玉，容貌十分豔麗，左眼窩卻是空的，一隻巴掌大的蝴蝶棲息在那個空洞中，不時搧一下藍色的翅膀。

女子輕輕嘆息，略微抬手，眼窩處飛出了成群蝴蝶，這些蝴蝶竟抬起了地上昏迷的葉千秋，一直將她抬到屋內的乾淨床鋪上，女子又一揮手，蝴蝶全數落到葉千秋的傷口上。

這群蝴蝶的口器直接扎入傷口，疼得昏迷中的葉千秋幾乎是立刻掙扎起來，但女子輕輕按住她的胸口，看起來似乎沒用多大的力氣，葉千秋卻馬上動彈不得。

「別動，是我。」女子輕聲開口。

葉千秋又艱難掙扎一陣，終於略微張開眼睛，蝴蝶紛紛飛回女子的眼窩處。

「姨……」葉千秋嘶啞著聲音道，被她喚做姨的人名叫紅鬱，就是教她以自身肋骨煉成銀刀，並傳授她斬鬼方法的人。

葉千秋不知道紅鬱的來歷，只知道紅鬱不是凡人，也不是天地鬼三仙一流，而是世間極爲罕見的骨妖。

人死成空，只餘一具白骨，但紅鬱當年不知出於什麼理由，硬生生把自己從人骨煉成了骨妖，甚至還把附著於骨上的血肉一點一點煉了回來。

最後只餘下一個眼窩空蕩蕩的，說是爲了留給自己當作警惕，並且養了一群蝴蝶在裡面，仔細一看，能發現蝶翅下覆蓋著一道深深的刀痕。

葉千秋覺得紅鬱這個名字可能不是眞名，不過她不認爲這有什麼大不了的，要不是有紅鬱的指導，恐怕她早已經死得連屍首都爛了。

她可沒耐性慢慢從死人骨頭煉回來。

她曾問過紅鬱，肉附骨這個過程要花上多久。

當時紅鬱只是偏了偏頭，風情萬種地一笑，以手指沾水在桌上寫了個「千」字，就逕自離開了。

千？一千年？兩千年？

葉千秋打了個寒顫。躺在地下慢慢等待血肉附著於骨，這樣的耐性她可是萬萬沒有的。

葉千秋昏睡了一夜，直到隔天正午鬼氣最微弱的時候，才慢慢轉醒。這時她屬於人類的部分要強一些，能夠壓制住體內的鬼氣，生氣也就蓬勃一些。

她一醒，就被紅鬱淡淡地刺了一句。

「有能耐了，一個人斬了餓死鬼。」

葉千秋一窒，「姨，生氣了？」

「不氣。」紅鬱搖了搖頭，她的妝容精緻，像是從未懈怠過一絲一毫，「妳趕著送死，我又怎麼敢攔妳？」

「那隻餓死鬼吃了十幾個孩子……」

葉千秋垂下腦袋，對誰她都是一副面無表情的模樣，唯獨面對紅鬱時特別乖順，因爲她一點都不希望惹紅鬱生氣。

「哦。」紅鬱點點頭，狀似了解，卻接著問：「那又與妳何干？」

「我……」葉千秋抿了抿唇，不知該如何回答。

「算了，我也就問問，不是眞的想管妳。」紅鬱揮揮手。她深知葉千秋的性子，刻意爲難也沒有用，再讓葉千秋看到下一隻餓死鬼，她還是會揮著刀衝上去。

她這麼說，葉千秋反而惶恐了，下意識揪著床鋪上的涼被，「姨……」

她喚得有些無助，可憐兮兮地看著紅鬱。

紅鬱不禁笑了出來，「沒事，要是眞不想讓妳去斬鬼，我也不會教妳這些。只是妳得掂掂自己的斤兩，不要以爲什麼貨色都是妳能應付的。」

「是……」葉千秋安安分分地低下頭。她已經聽慣這些嘮叨了，而且紅鬱願意嘮叨就表示氣消了。

紅鬱說了半晌，看著葉千秋明顯神遊的模樣，又好氣又好笑地伸出塗著蔻丹的手指，戳了戳葉千秋的腦袋，「妳的傷應該好得差不多了，要回去了嗎？還是再睡一下？我盛些花蜜給妳。」

葉千秋看著紅鬱臉上的表情，終於放鬆了些，而後閉上眼睛，「再睡一會兒好了。」

回去了八成還有人會來煩她呢……

她想起那古怪的少年，又是一陣煩悶，不過這次實在是累得狠了，她才剛閉上眼睛就沉沉睡去。

見葉千秋睡熟了，紅鬱慢慢起身，往自己房裡走，眉目之間有些憂愁。她掐指一算，悚然一驚，時間竟是差不多了。

那人的耐性只有這麼短短幾年嗎？

自己這樣養著葉千秋，教她煉刀、教她斬鬼，到底是對還是不對？

那人的用意很明顯，就是拿這孩子當蠱養，要是葉千秋能在百鬼之中，一路平安順遂地活到二十歲，那她就是蠱王，還會因為斬鬼的過程而成為疫鬼。

一名由疫鬼煉成的蠱王能有大用。

到了那時，葉千秋活著將比死了還痛苦。

要現在殺了她嗎？紅鬱身上殺機立現，回頭看了一眼熟睡的葉千秋，對方若有所覺，在睡夢中迷迷糊糊地喊了一聲。

「姨……」

紅鬱心軟了，她嘆了口氣，決定等到時候再說。

骨妖沒什麼了不起的，若要與鬼仙鬥上一鬥，那眞是九死一生。

但或許，爲了這個孩子，她倒是心甘情願。

第二章

妳是鬼子，注定成為疫鬼，

到那時妳會比現在還痛苦百倍，不如現在就死。

葉千秋端坐在電腦桌前，右手將滑鼠按得劈里啪啦響，左手則在鍵盤上飛舞。她表情嚴肅，彷彿與面前螢幕裡的樹精王有不共戴天之仇。

葉千秋靈敏地走位，間或幾個翻滾，甚至在空檔放了大招，招式擊中了樹精王，樹精王吃痛，白色的破千傷害值輕輕飄了起來，她抽空看了一眼血條。

樹精王血量掉了不少，不愧是有玻璃大砲之稱的法師，拿這隻打寶賺錢十分有效率。

賺錢？

對，人家玩遊戲是爲了娛樂，葉千秋玩遊戲卻是爲了賺錢。在這個遊戲裡面，她總共有六隻角色，每一隻都滿等，裝備不錯，但算不上頂級。

頂級的都被她拿去賣錢了。

所以葉千秋會這麼嚴肅地瞪著眼前這隻樹精王，一瞪就是兩個小時，是因爲事實上，這關係到她今天晚餐能吃什麼。

樹精王的血量降到10%以下了，螢幕上炸開一道白光，大量的螢光小樹精應樹精王的召喚出現，紛紛從地底竄起，滿螢幕亂跑，相當棘手。葉千秋皺了皺眉，心想自己一個人挑戰果然還是太勉強了。

她吞了一口口水，看著放在桌邊的肯德基點餐單。

今天好想吃一桶炸雞，再配一盒蛋塔……

葉千秋一咬牙，點開了裝備欄，換上近身戰鬥用的匕首，操縱著法師直接撲了上去。如果這時候旁邊有高等玩家，一定會覺得這傢伙瘋了，法師是皮薄的角色，遠程攻擊強大到會讓你痛得叫媽媽，不過一被近身就像棵小白菜一樣，三兩下便會被切碎下鍋。

可是葉千秋憑著對炸雞桶的執念，竟硬是在小樹精滿地圖的轟炸攻擊中靈活地鑽來鑽去，偶爾還補上幾刀帶毒的攻擊，雖然左支右絀，卻有驚無險。她又磨了樹精王大概半小時，滿地的小樹精一隻沒死，但樹精王終於轟然倒地。

塵煙揚起，樹精王掉落到地上的特大布包閃閃發亮，葉千秋的眼睛也亮了。她一把撿起布包，開了加速技能逃逸無蹤，留下滿地的小樹精嗷嗷直叫。

葉千秋懶得回城，直接鑽進了某道山脈中的一個小山洞，這裡算是比較安全的地方，至少不會有忽然生出的野外怪。她滿心期待地打開儲物欄，點開那個灰濛濛的特大布包。

布包一打開，儲物欄立刻被塞了個滿滿當當。

葉千秋點著滑鼠一一掃過，拆掉了沒用的垃圾，將能賣錢的分一邊，不能賣錢的當場銷毀。讓她失望的是，所有戰利品都清點完畢後，還是沒看到那顆會發亮的樹母之心。

樹母之心是樹精王的特產，掉落率很低，而且樹精王打人又痛，瀕死的時候還會召喚小樹精，攻略難度不低，所以在網路上的價碼一直都很高，一顆樹母之心價值一千塊左右。

怎麼這麼難打啊？王八蛋！我的炸雞……葉千秋把下巴靠在桌上，徹底消沉了。

她懶洋洋的，什麼事情都不想做了，乾脆起身到小套房的流理台前沖了一碗泡麵。既然買不了炸雞，那就隨便吃吃吧。

葉千秋捧著泡麵回到螢幕前，打算一邊吃泡麵，一邊把剛剛的戰利品掛到交易所的時候，忽然發現有個很奇怪的人物在她身邊打轉，左戳右砍的。

她把游標移過去，這隻人物的等級很低，才十五等，大概剛解完新手任務。但她所在的這張地圖可是高等地圖，就算等級不用封頂，至少也要練上個把月才能來這裡打樹精王的主意。

眼前這隻劍士人物穿著簡陋的新手裝，也不知道是怎麼來到這裡的。對方拿著一把大劍在她身上揮來揮去，揮出一個又一個MISS。

想也知道，等級差距這麼大，這隻滿等法師要是眞被砍出傷害，那她也不用混了。

這傢伙有毛病嗎……

葉千秋直盯著這個人物看，忽然打了一個冷顫。

這張臉怎麼有點眼熟？

這款遊戲的創角系統設計得非常細膩，光是臉型跟髮型的交互搭配就有上百種組合，更別說臉上的五官還能夠任意調配，眼角想上升幾公分、嘴唇想嘟起幾吋，都任君選擇，只要你有足夠的耐性。

而某狐因爲對外表異常執著，於是在創角頁面耗了大半個下午。

她飛快地打字，「你是誰？」

對方頓了一下，放下大劍，似乎正在摸索如何回話，好半天才拖拖拉拉地冒出幾個字，「我們前天才見過面的。」

果然是那個古怪的傢伙！

葉千秋本想立刻走人，但是隔著螢幕，好奇一下也不會送命。她咬著指尖，片刻後忍不住問：「你想幹麼？」

這次對方回話的速度快了一點，「跟在妳身邊。」

葉千秋冷笑一聲，劈里啪啦地回了一句，「好方便殺我？」

「我說過，要等妳變成疫鬼，我才會動手。」

對方的回話再度冒出來。

不知道爲什麼，葉千秋沒有操縱著人物走掉。她知道自己身上的鬼氣越來越濃了，自從父母都因此病死之後，她就不再跟任何人來往，除了紅鬱姨以外。

不過葉千秋絲毫不替眼前這傢伙擔心，這人的命肯定比她硬上很多，她關心的是別的事情。

葉千秋遲疑了一下，還是又打了字。「你似乎對我很了解？」

「不算太了解。」對方停頓了片刻，慢騰騰地回覆，「妳是鬼子，注定成爲疫鬼，又用那種方式吸收鬼氣，恐怕很快就會死了。到了那時候，妳會比現在還痛苦百倍，不如現在就死。」

葉千秋翻了翻白眼，「我是個不正常的人類，但我有一顆正常的人類大腦。」言下之意是，正常人不會沒事求死，就算知道未來可能痛苦不堪，現在她也不想沒事把自己的頭伸出去給別人切著玩。

「妳不要用那種方式吸收鬼氣，或許還能活得久一點。」

對方的話讓葉千秋下意識摸了摸肋骨，「但是鬼氣不除，終究一樣會成鬼。」

「總有別的辦法。」

「或許吧。你叫什麼名字？」葉千秋纖細的手指在鍵盤上幾個起落。

她問的當然不是這隻劍士角色的名稱，劍士頭上頂著一串亂碼呢，大概對方註冊時根本是胡亂打的。

如此突兀的問題讓天狐頓時愣了一下。他的名字？

眞是個好問題。

他當年一睜開眼睛就被扔到幽冥地底裡，雖然那些仙人都叫他天狐，但那是他們沒常識，天狐只是種族，可不是他的名字。

他的名字是什麼呢……

天狐望了望放在桌邊的一本小說，隨手打上兩個字。

「蘇輕。」

「還眞奇怪。」葉千秋回了一句，只是單純覺得兩個字的名字少見。

「我也這麼覺得。」另一邊的螢幕前，剛剛幫自己取名爲蘇輕的天狐也點了點頭，這名字感覺輕飄飄的，一點分量都沒有。

「……」

葉千秋不知道該說什麼了，她幫自己的角色上了幾個狀態，打算繼續尋找下一餐的著落，操縱著法師直接走出了山洞。

「喂喂喂喂喂喂！」

後面飄過來一排白字，那隻劍士又跟了上來。

「?」

滿足了好奇心的葉千秋惜字如金。

「讓我跟著妳吧？我說過暫時不會殺妳。」對方鍥而不捨，渾然不知自己打出來的話有多惹人嫌。

「別煩。」

葉千秋進入潛行狀態，這是她這隻法師滿等之後的獎勵，可以選擇任意職業的一個技能，而一向以打寶爲己任的葉千秋，毫不猶豫地選了潛行這個盜賊技能，方便她偷偷摸到王面前。

不過這個獎勵比不上高等盜賊辛辛苦苦練出來的潛行，進入潛行狀態的葉千秋只瞞得過野外怪物，瞞不過玩家。

而蘇輕一直跟著她，只會引來一批又一批的野外怪。

葉千秋不耐地想甩掉蘇輕，對方卻開始跳針了。

「讓我跟著妳吧？」

葉千秋的法師猛地回身，迅速放了一個火焰技能出來，完全沒跟人PK過的蘇輕只能愣愣地看著自己的角色全身著火，然後倒地不起。

「我說了別煩我。」

葉千秋遠遁而去，另一邊坐在網咖裡頭的天狐倒是笑了。活著，果然很有趣啊……

他看著桌邊的小說，在攤開的那一頁內容裡，主角蘇輕被一個男人抱了滿懷。

呵……

天狐抹了一把桌子，一張身分證憑空出現，上頭的名字赫然就是蘇輕。

就借這個名字一用了，反正他們都不是世間人嘛。

蘇輕笑得悠然，拿起桌上的身分證，慢騰騰地晃了出去。

被蘇輕鬧了一陣，葉千秋的泡麵都冷了。

葉千秋花了三秒譴責自己那無聊的好奇心，接著木然吃完了冷掉的泡麵，食不知味地操縱著法師四處晃。

她直到現在才驚覺，那個古怪的傢伙怎麼會知道她的人物名稱？

她下意識看了一眼窗外，那裡有一棵參天大樹，長得比這棟五層樓的房子還高上一點。不得不說，這棵樹能在都市中安然存活這麼多年，也算是一種奇蹟。

前幾天，那傢伙就是坐在那裡看著她的一舉一動吧？

葉千秋瞇起眼，這麼遠，真能看得清楚螢幕上的小字嗎？她瞇了老半天，最後放棄估量自己電腦與老樹之間的距離，乾脆站起身來，一把將窗戶關上了。

誰知道那傢伙是什麼妖怪，說不定還真的能看到。

死變態！

她哼了一聲，重新坐下，她的法師在地圖上走了老半天，卻連一隻世界王的影子都沒看到，好不容易見到一隻還活著的，血條也已經所剩不多，旁邊圍了一整圈的某公會成員。

親友團啊……

葉千秋繞道走了，她還得做生意呢！這些高等玩家都是她的潛在客戶，不但得罪不起，還得好好供著，於是葉千秋果斷放棄。

圍繞著那隻瀕死世界王的玩家們，渾然不覺自己在葉千秋眼中，全成了亮晶晶的金錢符號。

葉千秋的法師又繞了一會兒，時間已經有點晚了，將近凌晨。她揉揉眼睛，收拾了幾隻次等的菁英怪，什麼寶物都沒有。

她嘴裡罵了一聲，沒帶寶物也跟人家出來混？活該被我殺回老家去，反省反省再多帶點東西來吧！

葉千秋碎碎念著，她今晚的打寶運眞的是太差了。

她乾脆關了電腦，打不到寶也不用浪費電了。

她隨手拿了一本小說，鑽進被窩裡看。小說的封面很煽情，兩個男人滾成一團，故事沒什麼內容，兩個主角吵架滾床單、和好也滾床單，整篇劇情看完，恐怕床單的戲份最重。

葉千秋打了個哈欠，迷迷糊糊地睡著了，連房間的燈都忘記關。

她知道遠處有小鬼在窺伺著她，但她睡得安安穩穩，因爲那些雜魚還沒膽子找上門來。葉千秋翻了個身，蹭了幾下，蜷曲成一隻小蝦子，進入了夢鄉。

這幾天斷斷續續下了幾場雨，氣溫舒適，正是適合入眠的時節。

她以爲自己會就這樣一覺到天亮，沒想到事與願違，半夜外頭的走廊上響起了乒乒乓乓的嘈雜聲，似乎有人正在搬動大型家具。

葉千秋痛苦地張開眼睛，拿起放在床頭的手機一看。

半夜三點……

靠……北邊走，哪個瘋子半夜搬家？

葉千秋把棉被往上拉，蒙頭一蓋，試圖找回逐漸遠去的睡意，但是外邊的聲音越來越吵，甚至有人大呼小叫的，正在安裝什麼東西。

葉千秋猛地翻身坐起，滿臉煞氣。這新房客到底腦袋哪裡有洞，她非得出去幫他灌點水不可了！

她打開房門，走道上都是被吵醒的住戶，大家睡眼惺忪地看著葉千秋隔壁的房間，許多搬運工進進出出，搬來的家具質感很好，都是價值不菲的東西。

看看，那張床上頭還包著印有席夢思商標的塑膠套呢！

葉千秋心中警鈴大響，還沒等她反應過來，一張欠揍的臉就突然湊到了面前，狀似親暱地說：「妳好啊，以後我們就是鄰居了。」

對方甚至握了握葉千秋的手。

這下子，走道裡的房客全都瞪向了葉千秋，目光裡的含意不言而喻：原來這半夜吵人的瘋子是妳朋友啊……

葉千秋傻了一會兒，看著眼前這個幫自己拉了大量仇恨值的傢伙，張了張嘴，剛睡醒的她聲音還有些沙啞，「蘇輕，你到底想幹什麼？」

饒是面對各種窮凶極惡的鬼怪都不曾變臉的葉千秋，這下子也有些傻了。

蘇輕妖嬈地一笑，臉上顯露出桃花般的殷紅。他本來就是狐，就算貴爲天狐，天生的魅惑本事仍然不減一絲一毫，只有更增而已，他這樣一笑，滿通道的房客都暈了。

剛剛還滿滿的仇恨值，一下全消失了。

葉千秋毫不懷疑，整層樓的房客現在絕對捨不得傷害眼前這傢伙一根頭髮，別說他要半夜搬家，想開演唱會都行。

只是大家都戀愛了，葉千秋卻瞪著他，什麼也沒說便轉身走回房內，甩上了門。她甩得用力，門框都微微震動了起來。

她生氣了，因爲她覺得自己今天晚上眞是衰透了。

葉千秋這短短的一生中從沒遇過這麼死皮賴臉的傢伙，她知道自己打不贏蘇輕，可也沒打算讓自己的頭上隨時懸著一把刀。

就算對方說什麼會等她變成疫鬼才下手，但是這種有人虎視眈眈的感覺一點也不好受。

要打打不贏，想趕趕不走……葉千秋氣呼呼地重新開了電腦，登入遊戲，把自己所在地圖上的野外怪全部橫掃了一遍。

可憐的樹妖一族都遭了殃。

而蘇輕吃了一頓結實的閉門羹，他杵在葉千秋房門口的孤單模樣，令所有房客都立刻替他傷心了一把，只差沒有敞開自家大門，歡迎蘇輕登堂入室了。

不過蘇輕本人絲毫不以爲意，來日方長嘛。

他拍了拍手，掏出支付給搬家公司的工資，遣散了工人們，鑽進自己的嶄新小窩，興致高昂地開始擺弄這些人間的擺設。

他還不忘將新買的電腦開機，摸索了一陣，灌入今天葉千秋在玩的那款遊戲，然後登入自己的角色。

他可是睚眥必報的狐狸啊！

等他等級高了，也要踩著葉千秋的屍體威風一把！

這個晚上，隔著一道單薄水泥牆的兩個房間都是燈火通明，電腦主機的風扇飛快地運轉，散發出暖烘烘的熱氣。

兩人都下了好一番力氣折磨手上的鍵盤跟滑鼠，罵聲不斷，一邊是因爲打不到寶的怨恨，一邊是因為又躺地板看星星的羞恥，熱熱鬧鬧。

從那一天起，葉千秋的噩夢開始了。

雖然她本來就覺得自己活在一場噩夢中，一出生便遭逢一堆妖魔鬼怪，甚至連父母都被她連累得年紀輕輕就病逝。

但是，自從蘇輕用一種天上地下都找不到的決心，死死跟著她之後，葉千秋竟然開始懷念過去的日子了。

葉千秋很宅，畢竟她很窮。

光是要支付房租還有生活費，她就必須一天花上十二個小時泡在遊戲裡頭，更何況，葉千秋沒耐心接人物代練，於是一直以打寶維生，這也造就她有一餐沒一餐的窘境。

打得到好寶就能吃炸雞，打不到就是泡麵果腹。

而她已經連續吃一個禮拜的泡麵了！

這一切都是由於蘇輕。葉千秋看著跟在自己角色旁邊的窮酸劍士，恨恨地想著，絲毫不覺得這是遷怒。

都是你，都是你！

一直跟著我，害我連一點好東西都打不到！

葉千秋點開儲物欄，又忿忿地關掉，裡頭空空如也，什麼能夠拿來換錢的東西都沒有。

葉千秋不是沒試圖擺脫蘇輕過，她等級已滿，裝備不錯，只是為了打寶供應給一般客群，才徘徊在中高等地圖。如今為了甩開蘇輕，葉千秋乾脆鑽到特別危險的地方去，打那種有價無市的寶物。

只是沒想到，雖然蘇輕的等級很難看，對遊戲的概念不怎麼樣，偶爾跟在她屁股後面放出來的技能順序都亂七八糟，好好的合擊技能也不會用，卻能很敏銳地嗅出危險。他的走位技巧極度高超，就算是將棍棒揮得虎虎生風的世界王，也拿他沒辦法。

葉千秋見狀，乾脆帶著蘇輕四處繞，把他當成誘餌，她殺世界王，蘇輕就負責引走世界王身邊的小怪，兩人在葉千秋的算計下「合作無間」，殺掉了一隻又一隻倒楣的世界王。

只是每次殺掉世界王後，下一個遭殃的就是蘇輕。

原本蘇輕心裡想著要把等級練高一點再來找葉千秋，但不知怎麼地，他有事沒事就想繞過來看看她。

這遊戲對蘇輕來說太簡單了，摸清規則後，就是一堆數據堆積起來的東西罷了。更別說這遊戲還支援各種閃躲的動作，要是蘇輕不想，基本上怪物連他的袖子都摸不到。

所以他每次玩膩了，就會操縱著自己的劍士，興沖沖地跑過來煩葉千秋。

他玩了一個禮拜後，也知道葉千秋是拿他當誘餌了，卻沒想到葉千秋這麼心狠手辣，每次殺完世界王，下一個便把他給就地正法。

蘇輕面對野外怪的攻擊時招招都能輕易閃過，但人物間的**PK**他可就眞的是大姑娘上花轎，頭一遭了。他算無遺策，仍每次都被葉千秋狠辣地解決，一個技能丟過來就讓他躺在地上看月亮數星星。

氣得蘇輕都不知道砸了幾次滑鼠。

隔壁房的葉千秋隔著一面薄牆，自然聽得到鄰居的動靜，她微微一笑，也沒意識到自己是把殺蘇輕這件事當成打不到寶時的安慰獎了。

可憐蘇輕還沒眞正體會到遊戲的樂趣，就先被葉千秋殺了百次累積出成就，得了一個系統獎勵，復生後進入勇猛狀態，爲時——十秒。

看到這個獎勵彈出來的時候，蘇輕差點把螢幕給吃了。

十秒？剛過城門就沒了吧！

系統也太坑人了……

不過，兩人雖然在遊戲裡頭天天見面，現實中卻連彼此的影子都碰不上。

葉千秋沒什麼朋友，這是她刻意爲之，她身上的鬼氣太強烈，連和自己有血緣關係的父母都能害死，不相干的人一近她身，恐怕回去都要感冒一個禮拜。更別說要是她交了個男朋友什麼的，那傢伙肯定是非死即傷，所以她一直是獨來獨往。

而蘇輕則是不食人間煙火，他餓了千年都沒死，現在又一頭栽進遊戲裡面，發誓要把葉千秋那隻法師的屍體踩在腳下，因此根本大門不出二門不邁，簡直跟古代黃花閨女沒兩樣。

今晚兩人殺掉了幾隻世界王，然後蘇輕又被葉千秋殺回城裡幾次，一樣什麼寶都沒打到。

都快凌晨三點了，葉千秋清點了這天的收穫，竟然連一籠湯包都買不起，虧她已經想好如果熬夜到早上，就要到巷口那家豆漿店叫上一籠熱騰騰的湯包慰勞自己。

她的法師在地洞裡面清點戰利品，一隻全身穿戴五顏六色裝備的劍士慢慢從洞口摸了進來，葉千秋頓時眉頭一皺。怎麼不管她躲到哪裡去，這傢伙都找得到？

她不自覺地拉了拉身上的睡衣，現在是夏天，要是沒下雨的話，晚上仍是熱得要命，因此她穿得不多，就一件白色背心跟一條極短的棉布短褲，露出兩條白蘿蔔腿晃來晃去。

葉千秋下意識看了一眼窗子，關得嚴嚴實實。

她瞇了瞇眼睛，又不想去問蘇輕，乾脆操縱著法師，自顧自地想離開洞穴，但擦過蘇輕身邊的時候，他開口了。

「穿這麼少不怕著涼嗎？」

葉千秋的人物停在原地，好半晌才回了話。

「我穿什麼？」

「眞想知道？」

「你說。」

葉千秋把鍵盤敲得劈里啪啦響，兩個字都能敲出雷霆萬鈞的氣勢。

「白色背心跟條藍短褲。」

蘇輕從善如流。

葉千秋瞬間炸毛了，一個流星雨技能直接放了出來，整個地圖都燒了起來，成千上百顆的火球從天而降，蘇輕的血條一下子見底，躺在地上繼續被火海凌虐。

葉千秋殺了蘇輕的劍士，卻還是氣憤難平，她略微喘著氣，尋思著要不要現在就去隔壁跟對方來個眞人PK，叫那死變態洗洗狗眼。

難怪啊，不管她躲到哪裡，甚至期間換了幾隻角色，這傢伙都還是能一路跟到天荒地老！

「妳不用在意，也沒什麼好看的。」

蘇輕還火上加油，他的人物躺在地上，他卻不著急，繼續打字氣著葉千秋。

「滾！」

葉千秋只給了這一個字就果斷下線。

她下線之後，神經質地看了看四周，內心煩躁。連個老鼠洞都沒有，那傢伙是怎麼偷窺她的？她扒了扒頭髮，把一頭長髮弄得亂糟糟的，雖然氣極，但又不知道該怎麼對付隔壁那隻變態。

跟房東說對方偷窺她？

沒憑沒據的，鬼才相信……

把對方殺了，永絕後患？

要是打得贏就好了……

要不搬家吧？打不過總還躲得了吧？

可是這樣押金就要平白送給房東了……

葉千秋挫敗地低吼，乾脆關上燈。那傢伙總沒有夜視能力吧？

她爬上床，把自己裹得嚴嚴實實，從頭到腳都不露一點，她才不讓那變態白看了去。只是大熱天的，葉千秋又捨不得開冷氣，裹成這樣實在很熱。

這日子到底要怎麼過下去啊？

第三章

呵……她這是寂寞太久了嗎？

竟然對一把要殺自己的刀依賴了起來。

蘇輕今天也操縱著劍士跟在葉千秋的屁股後面。他現在等級慢慢上來了，裝備也天天變著花樣穿，一整套的劍士裝備硬是被他湊成了五顏六色，活像隻孔雀。

他的練等速度絕對稱得上前無古人後無來者，畢竟葉千秋睡覺的時候，蘇輕可都還在遊戲裡頭。

可憐那個上好的席夢思床墊，只能日日等待主人臨幸，卻不知道主人過去睡了上千年，根本懶得看它一眼，會買下來也只是哪樣貴就挑哪樣買，並不是由於喜歡。

蘇輕的劍士跟著葉千秋滿地圖轉，他知道自己現在還是安全的，葉千秋在沒找到世界王之前，不會把他轟回老家，所以他一邊胡思亂想，一邊在野生怪中神出鬼沒地竄來竄去。

而這禮拜葉千秋爲了一雪上週什麼都沒打到的恥辱，下午特地先睡飽養足精神，凌晨再上線來，四處追著各種野王跑。

好不容易老天開眼，讓他們找到了一隻正在地圖上晃悠的蜘蛛女王。

蜘蛛女王算是攻擊力較低的王，傷害不是很高，卻會隨機將人包進蜘蛛蛋裡面，若是十秒內沒從蛋裡面鑽出來，就等著打包回老家了。

葉千秋一看到蜘蛛女王，二話不說衝上去開打。她小心翼翼地控制著距離，各種火系技能連綿不絕地施放出來，這隻法師有四種屬性的技能可以施放，而葉千秋獨鍾火屬，一招接著一招放下去，傷害值高得讓她心花怒放。

她一向單打獨鬥，其他屬性的技能都著重於控場或者治療，對她來說沒什麼用處。

當然，葉千秋並不曾想過要幫蘇輕補個血、加個狀態什麼的。

葉千秋打得轟轟烈烈，蘇輕則是在蜘蛛女王旁邊默默站著，偶爾丟幾把暗器過去。他等級低，近身戰鬥討不了好處，不如站在這裡幫葉千秋分散一下被隨機定身的風險。

不得不說，他對自己的誘餌身分還是頗有自覺的。

只是每次打完世界王，葉千秋還是一招過來把他秒回城裡，簡直翻臉不認人到了令人髮指的地步。

但蘇輕也不知道自己是哪根筋不對，每次獨自練了幾小時的等級後，就要往葉千秋這裡湊，彷彿不被虐一下就渾身不舒坦。

有時候蘇輕都懷疑，難道是因爲被關了千年，他的腦子關出毛病來了？

蘇輕堂而皇之地走神，接著忽然看到葉千秋的人物倒在地上，被蜘蛛女王的八隻腳猛踩，他瞪大眼睛，那隻法師的血條已經空了。

蘇輕無法不驚訝，他自己死了上百次，連系統的垃圾獎勵都拿到了，卻沒看過葉千秋的人物死亡。他有些進退兩難，是要過去把蜘蛛女王的仇恨拉住，還是果斷回城？

他們打了快一個小時，現在如果沒人接手輸出，蜘蛛女王的血就會慢慢回滿，到時便功虧一簣了。

蘇輕還沒決定好怎麼做，地上的葉千秋一個打滾，竟然復活了。

蘇輕撇撇嘴，心想眞是職業打寶黨，連復活道具都準備好了。他死過上百次，連一個復活道具都沒用過。

蘇輕正準備回到崗位，身後的尾巴卻忽然自動竄出來，他嚇了一跳，定了定神才發現，原來他陷進結界裡了。

他敲了敲腦袋，意識到自己警覺性太低了。不過這也難免，人間要是有東西能傷得了蘇輕，當年那群仙人也不會直接拍板把他扔進幽冥地底了。

蘇輕尋思了一下，所以這大陣仗是衝著隔壁去的？

他身後的尾巴慢騰騰地拍著地面，螢幕裡的法師還在不斷放著火球，蘇輕搖搖頭，笑了。人家都摸到地盤上來了，這傢伙怎麼還只關心這隻醜陋的蜘蛛女王？

他站起身來，伸出食指，前端竄出了尖銳的指甲，接著，他直接往牆上一劃，結界被硬生生割了開來。蘇輕踏了進去，竟是走入了葉千秋的房間。

果然如他所料，葉千秋身旁圍了一群小鬼，裡三圈外三圈地圍了個水洩不通，但身處正中央的葉千秋彷彿渾然不覺，手上滑鼠點得飛快，鍵盤也按得劈啪響。

蘇輕笑了一聲，「妳都要死了，還惦記著那怪物身上的寶。」

葉千秋沒有回頭，只是聳聳肩，「餓死也是死。」

她的意思是再打不到寶物，沒東西讓她換錢，她就要餓死了。不過這些蘇輕不知道，他身後的尾巴擺了擺，看著眼前如臨大敵的小鬼們組成陣形。

說來，這小鬼陣也是稀罕的東西。

這是冥間專門用來對付凶惡鬼物的陣法，由四十九隻小鬼一同布陣，小鬼們的各自力量雖然不大，但是擺出此陣，加上小鬼之間的配合又天衣無縫的話，面臨此陣的鬼物幾乎是插翅也難飛。

「需要幫忙嗎？」

心情不錯的蘇輕開口。

「不用，我快打完了。」

葉千秋立刻拒絕。

蘇輕聳聳肩，準備好隨時出手，就算葉千秋說不用他幫，他也不可能眼看著她被這群小鬼吞吃入腹，不爲什麼，只爲了要完美地達成任務。

他被關了上千年，好不容易才能出來透透氣，可不能讓任何人破壞。

所以葉千秋注定要死，但只能死在他手下。

他倆旁若無人地交談，頓時激怒了小鬼眾，小鬼領頭嗷嗷叫了一聲，撲了上來。一瞬間，蘇輕覺得自己眼睛都花了，這小鬼陣果真千變萬化，每一刻展現出的景象都不同。

葉千秋不爲所動，她看了蜘蛛女王的血條最後一眼，果斷灌了一瓶珍貴的十秒無敵藥水（這是帳號綁定的，不然她也捨不得），又接著施放了一連串的高傷害技能，鋪天蓋地砸向蜘蛛女王。

而後她離開螢幕前，抽出自己腰間的銀刀，在小鬼陣中穿梭起來，游刃有餘地砍著小鬼玩，似乎完全不把小鬼陣當一回事。

旁觀的蘇輕吹了一聲口哨，葉千秋背後有高人指點啊。

他雙手抱胸，九條尾巴在身後擺動著，八白尾一黑尾，看起來還眞的像是沾染了邪氣。

在葉千秋的持續攻擊下，小鬼逐漸出現死傷，那把銀刀所向披靡。她的腰肢極度柔軟，在房間內左砍右劈，竟硬是沒毀了哪一件家具。

這些都是房東的，壞了她還得賠呢，當然要注意。

這是葉千秋的內心話，純粹隔岸觀火的蘇輕不知道，還當葉千秋這是在挑釁那些小鬼。

果然，小鬼眾氣得嗷嗷亂叫，加快了鬼陣的運轉。

小鬼陣高速運作，絲毫沒有因爲小鬼的數量減少而弱化，這也是此陣的厲害之處。死去的小鬼將會被餘下的小鬼吸收，讓小鬼陣的威力越來越大，直到最後誕生鬼王。

其實，說穿了這陣法就是個煉蠱甕。

葉千秋跟蘇輕都是第一次看見此陣，雖然蘇輕腦內有關於這種陣法的記憶，但如今親眼見到，仍是有些毛骨悚然。

眼前的鬼王身上籠罩著一片黑霧，數不清的小鬼不斷從他體內湧出，密集恐懼症的患者看到大概會當場暈倒。

葉千秋跟鬼王對峙著，無語了一會兒。

這是打算若殺不死她，也要噁心死她嗎？

她甩了甩手，知道眼前的敵人沒那麼容易擺平了。

她踩出正宗天罡步的第一步，左腳先行，右腳接著跟上，忽然之間竟然像是與天地契合了一般。

蘇輕整了整面色，神情變得嚴肅。

天罡步主正氣，與葉千秋身上的鬼氣相衝，難怪她用銀刀斬鬼還能活到現在不成疫鬼。蘇輕心中歡呼一聲，感覺自己眞有可能在人間多待幾年了。

場中，凶惡的鬼王不斷向葉千秋撲來，可惜葉千秋的步法極爲精妙，鬼王一點都碰不到她。

鬼王怒極，狂吼一聲，身上的小鬼化成鬼氣盡數散出，纏繞上葉千秋的四肢，但他此招一出，反而稱了葉千秋的意，連一旁的蘇輕都流露出笑意。

葉千秋手上銀刀大亮，她往前一攬，所有鬼氣全數被銀刀吸入，再導到她的身上。葉千秋笑了，一張臉龐竟如修羅般恐怖，漆黑一片，只剩下兩顆眼珠子燦如繁星。

鬼王身上的鬼氣散去，只剩下一張皮，葉千秋銀刀一劃，鬼皮被削成碎片，落了滿地，轉眼消失。

困住葉千秋的結界也無聲崩塌，外邊的車聲又傳了進來。

「不錯。」

蘇輕給了一句評價。

葉千秋卻看也沒看他一眼，只是急匆匆地奔回電腦前，點著滑鼠，把爆了滿地的物品全撿起來一樣一樣檢視，接著激動了起來。

人品爆發了啊！

打一萬隻蜘蛛女王都不一定能拿到的女王毒囊竟然出了！

她鬆了口氣，下個禮拜不會餓死，也不用吃泡麵了。她轉過頭來，眼底有著笑意，「時間晚了，我要睡了。」

蘇輕微微愣了一下，他實在難得看到葉千秋如此和顏悅色。他下意識地走回自己的房間，等回到自己的螢幕前，才自言自語道：「我幹麼那麼聽那女人的話？」

餓死鬼跟小鬼陣的出現，讓蘇輕有些在意。

這些本是冥界的東西，怎麼會出現在人間？冥界的管理者都死光了嗎？到底是誰非得把葉千秋逼成疫鬼不可？

天界那些鳥人可以暫時排除，原因很簡單，就因爲他還在這蹲著。那會是誰呢……葉千秋這個鬼子的身分又是誰給她的？

蘇輕心中有種不對勁的感覺，總覺得這一切像一盤錯綜複雜的棋局，他不知道是誰在兩邊下子，也不知道棋盤上的路徑將通往那裡。

他又嘲諷一笑，這些跟他有什麼關係？

他也只是一顆棋子罷了。

蘇輕胡亂哼著小曲，操控著遊戲裡的劍士前行，斬殺了一隻又一隻的野外怪，從雙頭巨人的地圖一路殺到黃土石怪的老巢；他身形飄忽，耍得這些野外怪團團轉，嗷嗷嗷地直叫。

能把劍士玩得像是盜賊一樣，蘇輕也是一絕。

他玩著玩著，再度下意識去偷看隔壁房間的動靜。他總是每玩幾個小時就去瞄瞄隔壁房的葉千秋，雖然兩個房間隔著一道不透風的薄牆，但這怎麼奈何得了蘇輕那雙賊溜溜的狐眼？

他知道葉千秋直到快天亮才休息，卻不知道葉千秋怎麼睡到了大黑還不起來。他支著下巴，百無聊賴，又去偷看她睡覺的樣子。

葉千秋沒上線，而蘇輕不被她虐一虐，就沒動力繼續升級。

他看著看著，忽然覺得似乎有些不對勁。

蘇輕猛地站起來，伸出指甲割開牆面，再次穿過牆走入葉千秋的房間。

床上的葉千秋臉色很紅，渾身滾燙，她壓抑不住身上的鬼氣，只能讓這些鬼氣胡亂竄著，在房間內形成濃重的黑霧。

蘇輕皺了皺眉，他畢竟是由天地靈氣所化的天狐，不可能喜歡這些鬼氣，但他仍然不避不懼，自顧自走到了床邊，看著因爲發高燒而微微呻吟著的葉千秋。

蘇輕有些猶豫，因爲他不知道自己在這盤棋局中扮演著什麼樣的角色。他原本只想作壁上觀，只要葉千秋還活著，他就能在人間溜達；葉千秋死了，他說不定就得回去蹲大牢了。

他算盤打得好，但現在看著葉千秋痛苦的模樣，又有些不忍心起來。

呿，他這角色是能夠發善心的嗎？

應該就是個跑龍套的吧？

蘇輕在心裡狠狠自嘲了一番，還是坐了下來，握住葉千秋的手。他閉了閉眼，身後的九條尾巴張狂地揚起，交錯著在空中拍打，剛剛還纏繞在葉千秋身上的鬼氣慢慢被他剝離開，一絲一絲地傳到他身上。

蘇輕不當一回事，他可是天狐，這些鬼氣一入他體內彷彿泥牛入海，一點波浪都掀不起來，也只有像葉千秋這般嬌弱的凡人才需要擔心被鬼氣浸淫。

若他是鬼子，恐怕萬年都成不了疫鬼。

不過他如果是鬼子，那也不可能是天狐……

蘇輕邊胡思亂想，邊將那隻鬼王的鬼氣全數化掉了。剩下的是葉千秋自身的鬼氣，他不想動，也沒能力動，那些畢竟是葉千秋與生俱來，以及這些年反覆煉化的，就算是蘇輕也暫時無法處理。

折騰了大半天，葉千秋的臉龐還是很紅，她緊閉著雙眼，身上依舊滾著高燒，一點汗都沒出。蘇輕搔了搔頭，在自己的記憶中搜尋了一番，還真是不知道該拿葉千秋怎麼辦才好。

葉千秋不是受了外傷，也不是有內傷，只是一下子吸收了太多鬼氣，屬於人的那個部分承受不住，才會病倒下去。

想到這裡，蘇輕靈光乍現，葉千秋屬於人的部分病了，那就用人的方式治病啊！他摸摸自己的臉頰，覺得自己眞是有史以來特別聰明的一隻天狐。

選擇性地忽略，他也是有史以來最倒楣的一隻天狐。

蘇輕想到什麼便做，沒有絲毫猶豫。他下樓走到街道上，挑了一間看起來比較窗明几淨的藥局走了進去。

「需要什麼嗎？」

年輕的藥師小姐放下手上播放著偶像劇的平板，和善地問著。

蘇輕搔了搔頭，他知道人類有屬於人類的治病方式，也知道藥局就是賣藥的地方，如果葉千秋病況再嚴重一點，他還得把她打包好，扔進一個叫醫院的地方。

他的基本常識充足，但對於要買什麼來治葉千秋，他還眞是沒概念。

蘇輕清了清喉嚨，「能止熱凝神治風寒的都給我來一份。」

藥師小姐的神情有點古怪了，她努力地想理解蘇輕說的話，好不容易才猶豫地開口：「退燒藥行嗎？」

蘇輕也不知道這是什麼，乾脆胡亂地點頭。

他就這樣帶著一大袋退燒藥回到葉千秋的房間，打開塑膠袋，裡面各種藥品都有，上頭效果寫得天花亂墜，蘇輕看得嘖嘖稱奇。

他左拿一盒，右抓一包，兩邊來回看了一陣，一時拿不定主意要給葉千秋吃哪種。

思考了一會兒，他乾脆將各種藥都倒出一顆，手上捏著一把藥丸，扳開了葉千秋的嘴，打算一口氣全倒進去。

葉千秋恰好在這時候睜開了眼睛。她瞪著蘇輕手上那把各色藥丸，勉強掙扎了幾下，坐起身來，沙啞地開口：「你要給我吃什麼？」

蘇輕咧嘴一笑，朗誦式地念出那些藥效：「能緩解鼻塞、咽喉痛、咳嗽、畏寒、發燒、頭痛、關節痛、肌肉痠痛……」

總而言之就是好東西，別問了，乖乖吃！

蘇輕瞄準葉千秋的嘴，又想繼續逞兇。

葉千秋趕緊往後閃躲，一顆功能便這麼多，吃了一大把不就得成仙了？

「哪裡買的？藥局？」

她看著沾沾自喜的蘇輕，瞬間猜中了答案。

蘇輕伸長手，「就是，這些都是本大爺特地買回來的，快吃了吧。妳現在還不能死，死了我的好日子就結束了，快吃快吃，我可不想回去跟那群死人臉作伴啊！」

葉千秋忍不住小聲嘆氣，這蘇輕也不知是仗著自己能力強大，或者就是個傻子，三兩句話便把自己的來歷交代得一清二楚。

葉千秋雖然不知道蘇輕背後是誰，但至少能夠知道，蘇輕這是領了任務才來殺她的。

她在蘇輕攤開的手掌心挑了一顆顏色簡單點的藥丸，拿起床頭的水瓶，配著水吞了下去，然後面無表情地看著他。

蘇輕有點惋惜。只吃一顆會好嗎？妳可不能死啊！

看著心中想什麼都寫在臉上的蘇輕，葉千秋一肚子火，敢情現在是把她當家畜看顧了，時機未到不能宰？

她想到這裡，立刻目露凶光，「滾出我的房間。」

蘇輕聳聳肩，反正就在隔壁而已，他也不怕葉千秋跑了。他把手上那堆藥丸扔進嘴裡，喀嚓喀嚓的，全當糖果吃了。

「那我走嘍！妳好好照顧自己，可別死……」

「滾！」葉千秋凶狠地打斷蘇輕的話。

病人最大，蘇輕乖乖回到自己的房間。他看著自己的床鋪，彷彿發覺了什麼，露出一抹淺笑，「閣下屬烏龜嗎？」

縮頭畏尾的。

對方緩緩現形，並沒有因爲蘇輕的嘲諷而發怒。只是雖說是現形，也僅是一道黑霧而已，沒有明確的形體，別說五官了，連身高幾吋都看不出來。

「閣下夜訪小人住所，有什麼事情嗎？」

蘇輕慢騰騰地坐到自己的椅子上，螢幕裡的劍士站得筆直，渾然不知自己的主人性命正受到極大的威脅。

過了好半晌，那道黑霧終於開口了，聲音雌雄莫辨，像是從極遠的地方傳來。

「來送你一句話。」

聽見對方的聲音，蘇輕心裡頓時一緊，這竟然只是一個影身而已，對方的本尊根本不在這裡。

但又是誰的影身？

光是一個影身就能帶給他這麼大的壓迫感，本尊的實力顯然難以估量。蘇輕身後的九條尾巴不住地在空氣中掃著，也散發出一點威壓來。

「閣下請說。」

蘇輕認爲自己是個很有禮貌的孩子。

黑霧輕輕往上飄，「別多管閒事，葉千秋的事情跟你沒關係。」

說完這句話，黑霧就穿過天花板，向上升騰，也不知道散去了哪裡。蘇輕不想追，畢竟追到了打不打得贏還難說，而且對方只是一個影身，說白了就是不知從哪裡投射到人間的一抹影子罷了，打贏了也沒用。

對方已經離開，但那番話讓蘇輕忍不住笑了起來，他越笑越用力，笑得前俯後仰。不關他的事？葉千秋的事當然和他無關，他只是一介由天地靈氣化成的天狐，根本無父無母，到底有什麼事情關他的事了？

這些神神鬼鬼各有各的算計，硬是要把他們這些可憐蟲牽扯進來，如今說不關他的事，但這是他能夠決定的嗎？

那抹影身中的一絲金光，蘇輕看得仔仔細細。

只有冥界鬼主才擁有這樣的金光。

冥界鬼主要他別管葉千秋的事情，那就表示也不會放任他殺了葉千秋。他身後的那群鳥人竟然把他擺到人間跟冥界鬼主對抗！

這說得多好聽的自由，根本是包著糖衣的毒藥，他現在就只是被放出來溜溜的狗罷了。

饒是蘇輕心裡對於自由這兩字一直是敢說而不敢想，這次也徹底怒了。

你們不出面，卻折騰著我們玩……很有趣是吧！

他狠狠地一砸桌，桌子雖然沒有受損，卻被砸出了巨響，彷彿平地一聲雷，驚得整層樓的房客都愣了一愣。

隔壁的葉千秋睜開眼睛，知道那人肯定來過了。

她翻了個身，想著或許明天蘇輕就不在了。

她閉上眼睛，也不知道心裡是什麼滋味。

出乎葉千秋的意料，三天後她終於能夠上線的時候，蘇輕那隻活像孔雀的劍士已經等在她上線的地方了。

葉千秋深深吸一口氣，再度認眞考慮衝到隔壁去殺人棄屍。

她穿著長袖外套，因爲身上還滾著低熱，有點畏寒。她實在是沒力氣去跟蘇輕動手了，再說裹成這樣也沒什麼好看的，蘇輕愛看，就給他看吧。

最好看到他長十個八個針眼。葉千秋惡毒地想著。

她微微咳著，又拆了一盒那天蘇輕帶來的藥丸，扔了一顆進嘴裡，接著操縱著法師往雪地走去。

她今天挑的地圖是冰之女王的城堡，這裡沒有傳送點，得花費好一段時間長途跋涉才能看到那座冰雪雕成的宮殿，非常考驗玩家的耐性。

葉千秋活動了下手指，身後的劍士還是不快不慢地跟著。

她想了想，丟了一個組隊邀請給蘇輕。

只是這個組隊邀請卻石沉大海，對方好半天都沒個回音，葉千秋不耐煩了，劈里啪啦打了幾個字，「同意我的組隊！」

那隻劍士晃了幾下，似乎在摸索著什麼，半晌才接受了葉千秋的組隊邀請，兩人鑽進了冰之女王的宮殿。

這遊戲是滿等之後才眞正開始，而玩了大半個月，蘇輕的劍士也差不多能封頂了。只是他的一身裝備仍是哪個漂亮便穿哪個，也不考慮素質跟屬性，看得葉千秋每次都要皺眉。

他們兩個一路偷偷摸摸的，也不強攻宮殿裡的冰怪，偶爾避無可避才會正面迎戰。

葉千秋還在發燒，反應不若平常那樣快，好在蘇輕的等級練上來了，手上一把鑲滿寶石的大劍不但漂亮，攻擊力也不錯，幫她分攤了很多壓力。

葉千秋一層一層深入，她的目的地是整座宮殿最上層的大廳，冰之女王就在那裡的王位上，殺死她之後可以得到一枚屬性不錯的戒指，能賣個好價錢。

她操控著角色移動，有點恍神。那人前幾天來過了，她是知道的，那爲什麼蘇輕還不走？難道他不怕死嗎？

她以這鬼子之身活了十八個年頭，就算不打著燈籠去找能人異士，那些傢伙也會雙眼放光地撲向她，有幾個倒是眞心，亂七八糟地教了她一堆東西。

紅鬱只教她煉骨爲刀，很多殺鬼斬妖的方法還都是那些奇人教的。

只是那人總不肯讓她過得愉快，誰對她好，那人就要趕走誰，彷彿非得讓她孤獨一輩子。

——也不知道她這一輩子有多長就是了。

但蘇輕怎麼沒被趕走呢？他膽子特別大嗎？

葉千秋搖搖頭，她看著螢幕上那隻孔雀劍士，硬是把自己的疑問掰碎了吃下去，她才不可能去問蘇輕怎麼沒被那人趕走。

怎麼能讓蘇輕察覺她有一絲欣喜？

呵……她這是寂寞太久了嗎？

竟然對一把要殺自己的刀依賴了起來。

葉千秋自覺太過墮落，連忙將腦中念頭甩去，接著右手一動，爬上了冰之女王的大殿，連串技能密集地放了下去，燒得冰之女王跳腳不已。

冰之女王血量很多，攻擊力也滿高的，還會召喚冰人前來護衛，很難對付。不過葉千秋曾偶然聽說一個Bug，只要跳上冰之女王的王位，再順著椅背爬上宮殿的梁柱，就能穩穩地磨死這隻王。

這說是Bug其實也不太算，畢竟冰之女王敏捷很高，速度極快，想要不被抓住而順利地爬上屋梁，也考驗著玩家的技術。

不過葉千秋閉著眼睛都能玩這遊戲，而蘇輕看過別人操作一次就能學起來，因此兩人幾個驢打滾，加上跳躍，竟然一次就上了梁柱。

葉千秋長吁了一口氣，目的達成，她也不著急了，底下冰之女王的攻擊是打不到她的。她把一個個技能擺成一排，依序按下去，哪個亮了就按哪個，也不考慮魔力的消耗。

反正魔力不足再喝水補充就好了，冰之女王也拿她沒辦法。

一邊的蘇輕換上一把金光閃閃的弓，一下一下地射著冰之女工。攻擊力雖不高，但因爲系統自動鎖定的關係，每一下都被判定爲射中，傷害值穩穩地飄在冰之女王的頭頂。

冰之女王連連慘叫，不斷上竄下跳，卻怎樣都抓不到躲在自家屋梁上的兩隻臭老鼠。

她氣得拚命尖叫，不過尖叫不算在攻擊技能裡面，上頭的葉千秋跟蘇輕還是悠悠哉哉，該幹什麼就幹什麼，葉千秋甚至開了一個影片來看。

兩個小時過去，冰之女王終於轟然倒地。

葉千秋打了一個哈欠，她渾身的肌肉都在痠痛，然而還是得「上工」。她這工作也是辛苦，沒有勞健保不說，一天不打寶就一天沒飯吃。雖然她前幾天打了個毒囊，也不能沒有居安思危的意識。

看了下面滿地的寶物一眼，葉千秋的游標掃了過去，寶物名稱　個一個浮現，她心中隨即迅速把能賣錢跟不能賣錢的都分好了。

只是……

她看了一眼旁邊那隻劍士，掙扎片刻，還是打了幾個字，「你想要什麼？先挑三樣吧。」

如今人家的等級也高了，而且還是在這麼短的時間內練上來的，恐怕花了很多時間跟心思，她不能再把打到的東西全獨占了。

再說，今天她狀況不佳，要不是有蘇輕的劍士幫忙開路，能不能摸進冰之女王的大殿都難說。

所以，葉千秋大方地讓蘇輕先挑三樣寶物，反正總共有十幾樣。

蘇輕受寵若驚，他跟葉千秋「合作」這麼久，對方可從來沒把打到的東西讓給他過，沒打完王就把他燒回老家已經算是不錯了，現在居然還說要讓他先挑？

「眞的要讓我先挑三樣？」

蘇輕不確定地問。

葉千秋撇撇嘴，讓你挑還這麼婆媽？

「對。就三樣，別多拿，剩下的我還要賣錢！」

她簡單地說，另一邊的蘇輕恍然大悟。難怪葉千秋玩遊戲玩得像是在打卡上班一樣，打不到寶的時候還會特別火大。

想到這裡，蘇輕擺擺手，「不拿了，妳有需求，我沒有。」

葉千秋一聽便不客氣了，蘇輕不要那是最好，今天雖然沒有打到特別值錢的東西，但這滿地的裝備也能換一頓晚餐了。

她一躍而下，俐落地撿起所有物品，把儲物欄塞得滿滿的。

她本來打算就這樣回城去交易所，想了想，又打出兩個字。

「謝謝。」

蘇輕笑咪咪的，回了幾個字，「不用謝。」

他想了下，又加了幾句話，「改天我殺妳的時候，妳乖乖別亂動，讓我省點麻煩，就算是報答我了。」

葉千秋額上的青筋頓時跳啊跳，她操縱著法師，一抬手，三道火箭嗖嗖嗖直入劍士的前胸，將劍士秒殺在梁柱上，然後自顧自地回城。

留下笑得一臉愉悅的蘇輕。

哎呀呀，他這腦子可別眞的有什麼毛病啊？

第四章

葉千秋和蘇輕注定不可能成為朋友，你聽過豬跟屠户成為朋友嗎？

葉千秋不想承認自己是豬，卻不得不反覆提醒自己，蘇輕就是屠户。

葉千秋當初念完高中後就沒繼續升學了。

她十歲以前還算平安，父母的愛形成堅實的屏障守護著她，尋常小鬼連她家的門檻都邁不過去。

葉千秋的父母知道她能看到鬼，卻不知道她是鬼子，只是託生於葉千秋母親林琴的肚子裡。

林琴跟丈夫葉木嵐的感情不錯，本來還盼著未來能幫葉千秋添個弟弟妹妹，沒想到生葉千秋的時候她極度難產，幾乎把半條命都搭進去了。

葉千秋天生是鬼子，而林琴生產完後已是氣血虛敗，又浸淫在她的鬼氣之中，因此看遍中西醫都無效，身體一天一天地虛弱下去，終於在第三年的時候撒手人寰。

葉木嵐並沒有因此喪志，他身兼母職，獨自將小小的葉千秋拉拔長大。他是男人，體內陽氣旺盛，較能抵抗鬼氣，所以比妻子多活了好幾年。

但也就只是好幾年而已。

在葉千秋十歲的那一年，他因爲一點小感冒引發了嚴重的肺炎，最後醫院搶救無效，他便到九泉之下去找妻子團聚了。

從那一天起，保護葉千秋的屏障就沒了，尋常小鬼都能近她的身，想把她左拋右摔做成各種料理都行。

鬼子是滋補鬼氣的大好材料，各家小鬼都蠢蠢欲動，只是覬覦葉千秋的鬼太多了，形成一種奇妙的平衡，才讓她又多長了幾年，多了幾兩肉。

不幸的是，葉千秋不管被哪家親戚收養都會帶去喪事，她甫出生就帶著鬼氣來，父母都被她活生生拖累至死了，血緣更遠的親戚自然更無法倖免。

一次兩次，可以說是巧合。

三次五次，葉千秋就成了天煞孤星。

葉千秋的父族眼看情況不對，葉家本就人丁單薄，繼續這樣死下去不是得絕子絕孫？於是他們想了個辦法，各家都出一點錢，幫葉千秋找了間房子，讓她一個人住在裡頭。除了逢年過節以外，幾乎沒有人會去探望她。

葉千秋住進那間房子的時候剛好十三歲，準備上國中，也是在這時，她遇到了紅鬱教她煉骨爲刀。失去父母的保護，又失去親族的庇蔭，令葉千秋在整個國中跟高中的日子裡，總是跟鬼怪打成一團。

她不在乎別人的眼光，有時候上學途中跟哪個小鬼打了一架，鞋子掉了一隻，她也無所謂，仍然一腳高一腳低地走進教室。

只能說她沒被霸凌是因爲本身氣場太強大，而不是同學對她沒意見。

因爲小鬼們不分時間的騷擾，葉千秋的成績實在算不上太好，甚至被歸類爲壞學生，有件事還在學校裡傳得沸沸揚揚——大家都說葉千秋會帶刀來上學。

雖然老師明著暗著搜了葉千秋的書包好幾次，但都沒發現那把傳說中的長銀刀。

就算問葉千秋，她也只會聳聳肩，不給予任何回答。

這個傳言讓葉千秋更不得老師們的喜愛，卻讓她意外多了幾個「朋友」，學校裡的幾個混混竟說要吸收她加入，還帶她到網咖去見老大。

老大招待葉千秋打了一下午的網咖，葉千秋沒變成混混，倒是從此迷上了打線上遊戲。

在遊戲裡面，她不用擔心自己會害死誰。

把外表僞裝得說有多薄情就有多薄情的葉千秋，心裡其實還是希冀著同類的溫暖。她又不可能去跟鬼怪討愛，只能操控著角色，在遊戲中闖蕩起來。

葉千秋專注力夠、反應快，長年跟那群亂七八糟的傢伙打架，使得她身體動作比大腦的反應還靈敏，公會的成員要不是聽過葉千秋開麥克風說話，沒人會相信這隻可以單挑世界王的女法師真是個女的。

只是遊戲不斷推陳出新，網友聚散隨緣，沒人把遊戲裡的友誼當一回事，只有葉千秋當成重要的事物珍惜著。她六隻角色都叫冷凝香，編號從01到06，不管玩哪個遊戲都不改，只是想著，就算大家換了遊戲，或許還能靠著ID相認。

葉千秋就是這樣一個人。

她擁有的太少，成就？興趣？娛樂？她連父母都沒有了，也不知道自己這輩子能活多長，所以手裡攥住一點就緊握不肯放。

不管這一點對別人來說是多麼微不足道的東西。

今天清晨，葉千秋獨自外出。夏季深夜到黎明的時候，這個城市總是會下雨，她撐著透明的雨傘，抬頭望著天空中不斷落下的雨絲。

天色才剛微微亮而已。

葉千秋抹了抹臉，打了一夜的遊戲，蘇輕也跟了她一夜，雖然她沒再把蘇輕殺回城裡，卻堅決不回應這傢伙的任何一句話。

免得一來一往把自己氣死。

葉千秋踩著一雙短雨靴慢慢走著，今天是她老爸的忌日，她得去看看他。

她隨意走進便利商店，也不知道要買什麼，買花嗎？且不說這裡沒有，那種東西又不能吃，純粹是浪費錢。葉千秋考慮了一會兒，拿起一個海陸雙拼便當，裡面有雞又有魚，算豐盛了。

她讓店員幫忙微波，並沒有馬上拆開來吃掉，而是拎著那個便當搭上公車，在搖搖晃晃之間，抵達了位於郊區的墓園。

踏進墓園之前，她往後看了一眼，站在不遠處的少年打了一個大大的哈欠，讓她逮了個正著，但少年也不窘迫，揮揮手，權當打過招呼了。

又是陰魂不散的蘇輕。

葉千秋有些無奈，那傢伙在遊戲裡跟了她大半個月，現實中也打算前腳抬後腳跟地一路相隨嗎？她想不到趕走他的辦法，乾脆裝作沒有看見，邁開步伐走進了墓園。

下過雨的地上溼滑一片，滿地蚯蚓歡快地蠕動著，葉千秋看也不看，徑直走到父親的墓碑前方。

她放下手上的便當，看著墓碑，也不知道要跟她早死的老爸說什麼。說她過得很好？她現在有得吃有得穿，是還算得上不錯，只是這話每年都講，就算她沒講膩，老爸大概也聽膩了。

她拍了拍墓碑，用袖子擦擦上頭的照片，看著老爸咧開嘴對自己笑。

葉千秋想了想，還是說了年年通用的台詞，「老爸，不用擔心我，我會好好活著。」

照片裡的老爸笑得燦爛，也不知道聽到了沒。葉千秋長年跟各種鬼物打交道，神智清醒的、性格錯亂的，她全都看了個遍，卻從來沒看過自家老爸老媽的魂魄，不知這兩位是去哪裡了。

她說完之後，眼角餘光才瞄到蘇輕正踮著腳尖往這裡一步三挪，顯然在閃避一地的蚯蚓，異常小心。

葉千秋蹲在墓碑前，看著好不容易才走到這裡的蘇輕，他沒帶傘，身上已經微溼，就站在她身旁幾步。蘇輕看了一眼墓碑上剛擦過的照片跟「葉木嵐」三個大字，底下還有「不肖女葉千秋」三個小字。

「妳父親嗎？」

葉千秋翻了個白眼，這傢伙是不認識字嗎？

她自顧自地拆了原本拿來當供品的便當，從塑膠袋裡面抽出筷子，開始扒飯。她吃得很香，現在便利商店的便當也不便宜，不能浪費，而且雖然說不上料足實在，但至少色香味俱全。葉千秋就著冷飯吃光了雞腿跟半塊炸魚，吃完後抹抹嘴巴，收拾了一下垃圾，打算回家。

「妳跟冥界鬼主有什麼關係？」

蘇輕冷不防地問了一句。

葉千秋腳步一頓，「我還指望你告訴我。」

「他前幾天……就是妳得風寒的那日，來找過我，要我別管妳的事情。」

蘇輕簡短地說了一遍當時的情況。

葉千秋點點頭，這的確是那人的作風。

「你這倒楣鬼大概跟我差不多，也是別無選擇的吧。」

葉千秋理解地看著蘇輕，他身上沒有殺氣，卻斬釘截鐵地說，等她變成疫鬼就要殺了她，還說不想回去跟死人臉對看。

由此可知，恐怕蘇輕也是身不由己。

蘇輕聽了葉千秋的話，頓時笑開來，「小小鬼子還頗聰明的。」

「所以你在沒殺掉我之前不會走？」

蘇輕頷首。

葉千秋握著的拳頭緊了又鬆，她還眞不知道該怎麼面對蘇輕。

他們兩個注定不可能成爲朋友，你聽過豬跟屠戶成爲朋友嗎？葉千秋不想承認自己是豬，可又不得不反覆提醒自己，蘇輕就是要宰自己的屠戶。

「我跟冥界鬼主沒什麼關係，他不是我老爸，也不是我老媽，但他處心積慮把我當蠱王來養，你看過的餓死鬼跟小鬼眾都只是我的飼料。」

葉千秋說得雲淡風輕，蘇輕卻有些悚然。他原本以爲自己被關在幽冥地底千年，就是這世上最莫名其妙的事情了，沒想到，竟有人從出生開始就被置於蠱蟲之中，永世無法逃脫。

「他要妳做什麼？」

「不知道。」葉千秋聳聳肩，「他是冥界鬼主，所以我還眞不知道他要我這區區凡人做什麼。他一點一點地放出那些小鬼，讓我吸收各種鬼氣，只希望我早日成爲疫鬼，我卻連他的臉都沒看過。」

蘇輕想起那團黑霧，頗有同感地點了點頭。

葉千秋說完這些，抬腳就走，經過蘇輕身邊的時候，她停頓了一下，「雖然我知道你身不由己，不過你要是能想辦法走，還是盡快走吧！就算任務失敗了，也還有一條命留著。」

葉千秋說完這句話便繼續前行，也不管蘇輕會不會再跟上來。

蘇輕沒立即跟上，他一個人站在葉木嵐的墓碑前面，品嘗著有人叫他把命留著的奇妙滋味。但是葉千秋不知道，如果得在把命留著跟回去幽冥地底之間選一個，蘇輕可能寧願把命扔了。

只是這張狂的念頭一起，蘇輕立刻抹了抹臉，掩起眸中的血紅和那一點心思。他轉過身，又一步三挪，挪向了墓園的出口，滿地的長蟲看起來實在是太噁心了……

葉千秋搖搖晃晃地下了公車，熬了一個晚上打遊戲，又去探望自家老爸，精神不濟的她腳步有些虛浮，一個頭脹成兩個大，只想趕快撲到床上睡他個天昏地暗。

她走到自家旁邊的騎樓，發現有個大嬸緊緊瞅著她不放。

葉千秋皺起眉頭辨認了一下，大嬸是人，不是鬼。她稍稍鬆了口氣，對方的目光仍緊緊跟隨著她。

葉千秋決定裝作沒看見，繞過大嬸，打算上樓。

她拿出鑰匙，正準備打開一樓鐵門時，大嬸竟猛然一把抓住她，還號哭得像是家裡有喪事一樣。葉千秋身形一晃，閃過了大嬸的爪子，卻沒閃過大嬸的音波攻擊，她頓時覺得自己頭更痛了。

「妳、妳是葉小姐吧？活菩薩救命啊！」對方作勢下拜，葉千秋趕緊拉住她。

大嬸繼續哭爹喊娘，葉千秋只得深深吸一口氣，「大嬸，妳有什麼事情嗎？妳好好說，用哭的我聽不懂。」

葉千秋直言相告。

大嬸聞言，立刻抽抽噎噎地從手提袋裡拿出一幅畫。這畫看起來有些年頭，是用畫軸捲起來的，大嬸急切地攤開，一點檀香的味道飄了出來。

畫布上頭只有黑白兩色，單憑墨色濃淡揮灑而就，構成了一幅臨江釣魚圖。

葉千秋左瞧右看，硬是沒瞧出這幅畫有什麼不對勁的地方，上無鬼氣，更無妖氣。

葉千秋伸出食指戳了戳，畫上的大江似乎波動了一下，她頓時瞇起眼睛細看，又彷彿只是錯覺。

「大嬸，這是……」

葉千秋看不出所以然來，只好轉頭詢問眼中閃著期盼光芒的大嬸。

大嬸見葉千秋不明所以，一顆心直直往下沉，又哭了起來，「這是我那死鬼老公買回家的臨江垂釣圖，說年分能上追宋代，出自名師之手，要當成我們家的傳家寶。但是、但是……我親眼看見這畫吃了我的老公啊！」

大嬸哭得滿頭是汗，葉千秋終於聽明白了事情的大概。

這畫竟是會吃人？

大嬸家裡只有她和老公兩個人，兒子及女兒都住在國外。他們原先養了三隻花貓，自從這畫來到家裡之後，貓就一隻接一隻不見了。

大嬸本來沒有在意，他們家位於郊區，大多時候沒什麼車輛來往，十分安全，所以這些貓偶爾會出去溜達，一兩天不見蹤影都是很常見的事情。

沒想到有一天，她的死鬼老公戴著老花眼鏡，指著掛在牆壁上的畫，嚴肅地問她：「老伴，這畫裡面本來有貓嗎？」

大嬸不當一回事，但仍瞇起眼睛把鼻尖湊到畫上，上面眞有三隻黑白貓在江邊打滾。

她當時笑著說了一句：「裡頭這些貓要是上了顏色，還眞像我們家那幾隻。」

沒想到剛說完這句話，大嬸就眼睜睜看著老公被畫吸了進去，她伸手要拉，卻只扯下了他手上戴著的結婚戒指。

戒指哐啷掉在地上，大嬸徹底傻了。她連滾帶爬地衝向臥房，瑟瑟發抖了老半天，才驚覺自家老伴還在裡頭。

她壯著膽子回去察看，臨江垂釣的漁夫多了一個，穿著一件白色汗衫，可不就是她的老公嗎？

大嬸又哭又嚎，多方打聽後，才終於有人介紹了葉千秋給她，不過那人沒有給她葉千秋的電話，只給了地址跟大概形容了一下葉千秋的長相。

所以今日大嬸才會等在這裡，想求葉千秋救救她的老伴。

葉千秋聽完事發經過，單刀直入地問了重點。

「這畫是誰賣給妳老公的？」

大嬸張了張嘴。誰賣給她老公的？這她還眞的不知道。

但她知道她老公是去哪裡買的，那時她老公說過要去一個畫廊參加拍賣會，不久後就帶回這幅畫了。

「就在那個長安路……」她下意識說著，話還沒說完，整個人就突然以倒栽蔥的方式跌進手上的畫裡，葉千秋什麼都來不及拉住，只剛好接住那幅畫。

畫裡的人又多了一個，大嬸站在畫中江邊的木屋外，哭喪著臉看她。

葉千秋有些傻住，反射性就把畫捲了起來，她可不想也被吸進去。

「這畫很危險，給我。」從墓園跟了回來，一直站在不遠處的蘇輕，忽然開口要求。他臉上有著難得的嚴肅，伸出了手，示意葉千秋把畫交給他。

「這畫是怎麼回事？」葉千秋只是揚了揚手上的畫卷。

蘇輕瞪著葉千秋，眼看她一副不問出答案心不死的模樣，只好將自己知道的事說出來。「如果我猜的沒錯，這畫應該是冥界鬼姬所繪，裡頭是一個獨立於人間之外的世界，被吸入的生靈將會轉化爲鬼姬的食糧。」

「有什麼辦法可以救他們嗎？」

葉千秋追問。

蘇輕撇撇嘴，「要救他們只有一個辦法，就是進入此畫，而這畫的唯一入口在人間，也就是在妳的手上，出口則是鬼姬的肚子。妳眞想進去？」

葉千秋怔了一下，拿自己的命去換嗎……

不，那個人不會讓她死在裡面的，他還等著她變成疫鬼呢！

葉千秋知道那人一直關注著她，就算她真的意外被小鬼吞進了肚子裡，只要還沒消化完畢，那人都一定會把她拖出來。

「你有辦法進去嗎？」

葉千秋注視著蘇輕。

蘇輕一愣，隨即氣急敗壞地道：「妳傻了啊？妳不要自己的命，我可還等著收呢！」

葉千秋一言不發，蘇輕恍然點頭，「妳以爲冥界鬼主會護妳周全？我看妳還真是徹頭徹尾傻了，鬼姬是誰？鬼姬就是冥界鬼主養著的侍妾，妳當這整件事很簡單嗎？」

「我知道這背後的水很深，但就如你說，鬼姬跟那人脫不了關係，那麼這畫也肯定與我脫不了關係。很有可能，這畫會來到我面前就是那人的授意。」

葉千秋看得透徹，蘇輕一時啞口無言。

「帶我進去吧。」葉千秋又說，「如果我真的變成疫鬼，這條命就給你。我就算死……也不想讓那人稱心如意。」

蘇輕面無表情，好半晌才回答：「要是我不帶妳去，妳也會自己想辦法進去吧？」

其實他也明白這畫一定跟葉千秋有關係，所以葉千秋即使沒有他幫忙，也總能找到方法進去，說不定對方還會讓出道來歡迎呢！

葉千秋一向對他很不耐煩，這次會央求他同行，恐怕是想在脖子上掛條繩索，若出了差錯，隨時有人能勒住她。

「試試看吧。」葉千秋坦然地說。

蘇輕哼了一聲，伸手奪走葉千秋手上的畫卷，「三天後的午夜，我帶妳去取鬼姬的項上人頭，讓妳掛在牆上當房裡的擺飾。」

葉千秋笑了，笑得那樣愉快，她對著蘇輕的背影喊，「我可不要那女人的頭，還是送給你吧！」

三日後的午夜時分，蘇輕依約前來。

他展開那幅畫，對著葉千秋招了招手，葉千秋不明就裡，站到他身旁。蘇輕一把撈起她的手，伸出銳利的指甲快速劃過指尖，葉千秋還來不及縮回手，一滴血就直直滴入了畫中。

接著他垂手而立，示意葉千秋等著。

「用我的血就行了？」葉千秋挑眉，「這樣我也不用拜託你了。」

蘇輕淺笑，葉千秋要他同行的原因，兩人都心知肚明。

「畫中凶險，妳一人前往有去無回。」

「那加上你呢？」葉千秋垂下眼簾。

蘇輕斂了斂神情，「說實話，我不知道。這畫中世界是由鬼姬所創，我的能力在其中會被剝奪多少可說不準。」

「那你還去？」

「對方要的是妳，又不是我。妳有妳的打算，我也有我的緊箍咒。老孫還沒將三藏送到西天，如來佛不會讓老孫隨便死在蜘蛛精手上。」

蘇輕自嘲地笑笑。

「呵……敢情你跟我還是同路人。」葉千秋聽懂了，她注視著蘇輕，還伸出手拍了拍他的肩膀，以示安慰。

蘇輕沒好氣地抹了一把臉，「被妳可憐的感覺很奇怪，妳的處境好像沒比我好多少。」

葉千秋張了張嘴，還想再說什麼，那幅畫卻突然化爲漩渦，把他們倆吸了進去。兩人都早已有所準備，沒什麼驚慌跟抵抗，順著吸力穩穩地降落在山間小路上。

他們身處山頂，從山路上往下望去，可以見到遠處有個冒著炊煙的村落。似乎沒其他條路可走，只能順著眼前的山間小路往下了。

此處景色不錯，要不是早知道這裡是畫中世界，恐怕會以爲是什麼仙境。只是這仙境是黑白二色而已。

蘇輕拔了一片樹上的葉子下來，左右翻看，淺灰色的葉片透著光，能看到其上的黑色脈絡。他嘗試性地撕開葉片，葉子化成墨汁一般的液體滴入土裡，瞬間消失不見，地上冒起了煙，似乎被燒灼出了一個小洞。

「這地方不太對，妳小心一點。」蘇輕愼重以對。

葉千秋笑了出來，「你說的不是廢話嗎？我們到人家肚子裡了。」說完就抬腳往前走。她四處張望，神態輕鬆，看起來竟像是個來旅遊的人。

蘇輕愕然，只好跟上。

「我是認眞的，恐怕這裡的東西我們都不能食用。」蘇輕苦口婆心地繼續提醒。

「知道。我看過《神隱少女》，我可不想變成豬。」葉千秋還是笑著，也不向一臉茫然的蘇輕解釋清楚，天狐自然是沒看過這部電影的。

她從背著的小包包裡掏出幾塊乾餅，想遞給蘇輕。但乾餅一拿到眼前，兩人都有些傻住了。

黑白兩色的乾餅看起來似乎不太好吃啊……

「我想，妳還是自己留著吧，我一千年沒吃東西都死不了，這畫應該也餓不死我。」

蘇輕客氣地推拒了。

葉千秋聳聳肩，雙手一鬆，乾餅落地，馬上化為塵土，「原來你活了這麼久？滋味如何？」

「生不如死。」蘇輕只給了她四個字。

「那為何不死？」葉千秋的意思是，蘇輕現在隨時都可以自裁，若是下不了手，也可以要她幫一把。

「好死不如賴活。」蘇輕俏皮地對她眨眨眼。「還有，別往我的脖子瞄，涼颼颼的。」

葉千秋收回視線，「那我也一樣不想死，不管你們說變成疫鬼會有多麼痛苦，在我還是人的時候，我都不想死。」

「那當妳不是人的時候呢？」

蘇輕將雙手攏在袖子內，問得直接。

「我不是拜託你了嗎？」葉千秋疑惑地看著他，而後忽然停下步伐。

蘇輕往前一步，兩人剛好並肩，他們一同看著眼前小路的遠方，竟有成群山魅像潮水一樣湧過來。

山魅體型瘦小，似獸又似人，五指都長著利爪，腳下卻生了蹼。從外表分不清性別，也分不出年紀，黑壓壓一大片，數量驚人。

「每隻吐一口口水就能淹死我們。」蘇輕苦笑，雙手卻還是攏在袖子內。

「你會讓牠們吐口水嗎？」葉千秋白他一眼，接著一躍而起，抽出身上肋骨化爲銀色長刀，狠狠地劈了過去。

這一劈驚天動地，葉千秋跟蘇輕都嚇了一跳。

漫天黑氣往外橫掃，山魅瞬間倒了一大片。

兩人面面相覷，怎麼與他們猜測的不同，葉千秋在這裡能力反而強化了？

他們還來不及交談，其餘的山魅又嗷嗷叫著衝上來，眼中的仇恨更甚，彷彿恨不得啃葉千秋的骨、吃葉千秋的肉。

葉千秋沒有細想，又舉起銀長刀衝了上去。

後方的蘇輕乾脆跟在遊戲裡一樣了——專職打醬油。他一直站在葉千秋身後半尺內，只負責閃躲她的長刀，別讓自己被砍了就好，其他事情都不用管。

山魅殺之不盡，也不知道害怕退卻，葉千秋數不清自己砍了多少刀，虎口都麻了，她只知道在一次又一次的砍殺之中，心中升起激昂的感覺。她握了握刀柄，臉上流露出喜悅。

當山魅全數倒在地上的時候，這個世界的太陽剛好下山了，不知時間的流逝速度是否和外界相同。

晚霞映照著一大片山魅的屍體，也映著葉千秋的臉，雖然依舊是黑白二色，仍襯得她有種天上天下唯我獨尊的感覺。

葉千秋有些茫然地看著自己的刀，她一直把這刀當成武器而已，現在卻升起了一絲喜愛之情，猶豫了片刻才把刀插回身體。

「走吧！」

她沒有回頭望一眼蘇輕，只是逕自往前走，腳步顯得輕快，似乎挺雀躍的。

後頭的蘇輕皺起眉頭，不知道葉千秋自己有沒有察覺，她身上的鬼氣更加躁動了。

他抬腳跨越過這些妖物，滿地山魅無一活口。

這條山間小路彷彿走也走不完，在接下來的路途上，各種妖魔鬼怪層出不窮，連提著燈籠的鬼婆都在月色高掛的時候出現了。無一例外的是，來犯的鬼怪數量都極度龐大，葉千秋在殺戮之中既沉溺又清醒。

他們看似驚險萬分，實際上是有驚無險。

蘇輕偷偷釋放過一次天火，但火焰只在他的指尖燃起，接著冒出黑煙，就這樣嗝屁了。

不妙啊不妙……

蘇輕看著葉千秋帶笑的側臉，她在眾多旱魃之間穿梭，雙眼流露出壓抑著的愉悅。她俐落地揮刀，身形飛舞，充滿著力量與自信，像是激昂的鬥者。

她很美，真的很美。

蘇輕不得不承認，她真的很美。旱魃的血潑灑到葉千秋身上，那些濃墨成了她年輕臉龐上的污痕。

最美的事物不是完美無瑕，而是像這樣，在各種污漬底下還能綻放光芒。

葉千秋身形落下，一把拉著蘇輕的衣袖，「這裡不像你之前所說的那麼可怕，我倒覺得沒什麼危險。」

口氣竟是有些自負了。

蘇輕沒有開口，他瞄到一個山洞，隨即半拖半拉地把葉千秋拽進去。

「你幹麼？我不累，我想盡快把那對夫婦救出來。」

葉千秋皺眉，不高興了。

蘇輕無語，救人是假，殺戮是真吧？

但他現在說什麼，葉千秋肯定都聽不進去，如果讓她生氣了，撇下他離開，說不定還正中幕後黑手的下懷。

因此他只是淡淡說：「我的能力在這裡大打折扣，已經累了。」

葉千秋點點頭，伸出手摸了摸蘇輕的臉龐，「好可憐。」

她不覺得自己的舉動唐突，她只覺得自己現在想做什麼便能做到什麼，再也不用顧忌世俗眼光，她有能力屠盡所有看她不順眼的人。

她說完這句話就抱著銀刀走向洞口，坐下來看著外頭，也不肯休息一會兒，一向很少有表情的臉上竟似乎有些期待。

蘇輕一個人躺在山洞的地上，心裡百轉千迴，就一個想法。

此行兇險，他這條小命該不會要搭在這裡了……

第五章

蘇輕愣了一下，他流淚了嗎？

不，他只是一隻想要活下去的卑鄙狐狸，怎麼會有淚水？

心跳急促，氣血激湧，脈快且亂。

蘇輕看著葉千秋，眼神仍然平靜無波，心裡卻有些著急。

「你說，命運到底是什麼？爲什麼我們身在其中，又沒辦法選擇自己想走的路？」葉千秋問蘇輕，緊緊握著銀長刀。

蘇輕微微搖頭，「我不知道，或許眞的是神者無明吧。」他苦笑。

「神者無明、神者無明……是啊！他們將我們玩弄於股掌間。但總有一天，我定要讓他們後悔。」葉千秋有些憤恨地說著。

「呵……」蘇輕不予置評，他一介天狐尚且被關在幽冥地底千年，葉千秋一個凡人又能做什麼呢？

而且他越來越擔心了，他知道葉千秋是在什麼心境下說出這些話的。

她現在手擁凶兵，幾乎是所向披靡，話也變多了。

葉千秋急切且雜亂地說了一路，她本就不服自身的命運，此時更是洩漏出狂暴的氣息，說了很多心中的不滿，已經不若蘇輕初見她時那樣平靜。

她顛三倒四地說著，有山妖精怪來襲時，就情緒激昂；只有他們兩人在山間小道上走著時，就逐漸陷入沮喪。

不好了，這是躁鬱。兩種極端的情緒在這麼短的時間內交替出現，對葉千秋的心神來說是極大的負擔，也很容易毀去她屬於人類那部分的清明。

當她屠戮完漫天的鳧徯後，蘇輕已經無法繼續冷眼旁觀了。鳧徯是一種鳥妖，似雞卻生著人面，有公母之分，以顏色區別。鳧徯已經是很類人的妖了，葉千秋卻能一口氣屠了成千上萬隻，甚至狠狠劈開鳧徯的人面，連眼睛都不眨一下。

蘇輕咬住下唇，臉上滲出殷紅，他無心魅惑，這是急出來的。葉千秋還要抬腳往前走，她手上那把長刀已經一整天沒有收入身體了，上頭沾滿濃重的墨色，像是覆蓋了千萬重的鬼氣在上頭。

蘇輕別無他法，突然一把抱住了葉千秋的後腰。

葉千秋渾身僵硬了一下，她想回頭，蘇輕卻抱得更緊。說實話，蘇輕心底也慌，他已經算不準葉千秋會不會一轉頭就兩三下把他料理乾淨。

「聽我說！」他急急喝道。「妳找我來，就是要我當吊在妳脖子上的繩索，妳說過寧願被我殺了，也不想順了別人心意。」

蘇輕毫不意外地看到身前的葉千秋揚起了怒放的殺意。

現在葉千秋覺得自己無所不能，又怎麼能允許有根繩子吊在她的脖子上，隨時準備勒死她？

蘇輕又開口，「我不殺妳，我說過，妳一天不成疫鬼，我就一天不殺妳，我可以陪妳一輩子，伴在妳身邊，永遠不離不棄。我不會走，我發誓，我永遠不會離開妳。」

葉千秋逐漸軟了下來。

「相信我，只要不成疫鬼，妳就能一輩子擁有我。」

蘇輕低啞的嗓音迴盪在葉千秋的耳邊，他不自覺用上了天生的魅惑本事。

葉千秋終於慢慢地轉過頭，看著蘇輕臉上的那抹紅豔，她情難自禁，踮起腳尖吻上了蘇輕。

在唇舌交纏中，葉千秋身上的煞氣逐漸消失，被從四肢百骸中湧起的情慾取代。她這輩子不曾接近過任何男人，現在又處於癲狂的狀態，對蘇輕這種以命換情的狠絕完全無法抗拒。

蘇輕深深地吻了她。

葉千秋回過神來的時候，看見眼前的少年背後揚起了九條尾巴，八純白一純黑。他的臉上無比紅豔，狹長的鳳眼流露出執著，收起了平時的嘲諷與淡薄，深深地、深深地望著她，看起來是那樣的風華絕代。

她忍不住愣愣出神。

兩人都在心底把自己罵了個底朝天。

蘇輕沒辦法，他天生就是狐狸種，要他不勾人，那比登天還難。魅惑的能力是與生俱來的，在危急時刻他便下意識地用了，也不管後果會怎樣，還取巧說中了葉千秋的孤獨。

他比誰都清楚，這無關情愛，他是眞把自己當成一條繩索，勒著葉千秋的頸子，用這種情勾著她，不讓她繼續墮落下去。

只是這招損人不利己，他知道他成功了，所以也知道葉千秋陷進去了。

而葉千秋清醒過來之後，也立刻想通了。

她先前的確不太對勁，竟然異常嗜殺，而且還動了長留在這裡的念頭。在這裡，她就是獨尊的王者，可以毫無顧忌，想做什麼就做什麼。

她再也不是一隻於世間苟活的螻蟻。

她望了一眼銀長刀，苦笑一聲，上頭纏繞的黑氣比她這輩子吸取的都還多，恐怕這就是對方的目的吧？

這一路以來無止盡的屠殺，讓她加速朝成爲疫鬼邁進。那人已經等不及了嗎？

雖然察覺了其中的問題，葉千秋還是忍不住怪起蘇輕跟自己。她知道蘇輕沒有動情，只是要她清醒過來，但是——她動情了啊！

那樣美好的少年，那樣動聽的誓言，蘇輕眞是該死，狠狠踩了她的軟肋一腳。

葉千秋磨著牙，認眞地考慮要不要在蘇輕身上刺出十個八個洞來。

在這種詭譎的氣氛中，這條山間小路終於走到了盡頭。

他們望著眼前的小村落，對看一眼，在彼此佯裝平靜的眼神中讀懂了對方的訊息：先闖過這關，之後的事情之後再說。

蘇輕領頭往村裡走去，但村內杳無人煙，只有墨色的建築跟人類生活過的痕跡。

「這裡的人到哪去了？」

蘇輕琢磨著，他們之前在山頂遠望時，分明有看到炊煙。他蹲下身，摸摸堆在一戶人家外頭的木柴，木頭微溼，顯然剛劈下不久。

「不知道。安安靜靜的，眞有人住嗎？」葉千秋向前邁了一步，揪著蘇輕的袖子。兩人的距離很近，近到葉千秋愣了一下才反應過來退開。

葉千秋狠狠咬住下唇，該死的蘇輕！

「沒事。」蘇輕微微一笑，伸手想拉葉千秋。

葉千秋卻閃躲了一下，「別這樣笑。」

「啊？」某狐狸很欠揍。

「別笑得這樣好看，別這樣對我笑！」火大的葉千秋逕自走開，在村裡四處查看起來。

蘇輕摸了摸臉皮，魅惑氣息又漏了嗎？他歪嘴斜眼了一下，試圖調整。

葉千秋不理會在自己身後作怪的蘇輕，兩人繞了一圈，什麼都沒發現，只得隨便坐在村口的木椅上，「好奇怪，這裡看起來像是有人住的，卻連個人影都沒看到。」

「是啊……」蘇輕用食指敲擊著眼前的木頭桌面，上頭有個醜醜的小孩子塗鴉，但是小孩呢？整村的人都到哪裡去了？

「不管了，找到那對夫婦，把他們帶出去就是了。」

葉千秋站起身來，望著漆黑一片的夜空，「還不知道怎麼回人間呢，沒時間想這些了。」

蘇輕點頭，一副怎樣都可以的態度。忽然，他感覺到了什麼，一把拉起葉千秋，兩人俐落地跳上木桌，葉千秋還來不及發出疑問，就看到滿地的人影浮起。

這些人影既像影子又不像影子，確切來說是一張人皮。他們貼著地面移動，從木椅逐漸攀附上來，滑過了桌面，伸出手貼著葉千秋跟蘇輕的鞋底，發出了哀鳴的聲音。

葉千秋跟蘇輕警戒地看著桌面，好半晌這些人皮都沒有更進一步的動作，只是哀哀地哭泣，成群擠上這張桌子，擠不上的就在地面互相推擠。

不時可以看見有人皮被一推退得老遠，又鍥而不捨地游回來。

「有點毛毛的啊……」蘇輕吞了口口水。這畫面太超乎常理了，他將腦內的知識翻遍，都找不到世界上有這種事情。

葉千秋瞪他一眼，「毛什麼？一個大男人，我都不怕了你抖什麼？」

「……我冷！」

葉千秋懶得理會他，她蹲下來，用力一拍桌子，拍得底下那人的臉皮好像受到重擊，又發出一聲淒厲的哀叫。「都給我停下來，別擠了，我看你們也擠不出地面，擠成這樣不累嗎？」

葉千秋不再像先前那樣喊打喊殺，有心搞清楚這是怎麼一回事。

這群人皮聽懂了葉千秋的話，還眞的停了下來。他們低聲交談，葉千秋和蘇輕都聽不清楚，饒是天狐耳力極佳，也只能辨別出聲音是從地底傳上來的。

「到底怎麼回事？你們這是困住了，還是？」

葉千秋踩了踩其中一張人皮的頭，示意他回答。

被點到的那張人皮就在葉千秋的右腳底下，他掙扎了一下，從葉千秋的腳底逃離，看了一下左右的同伴，人皮們推推他，還讓出一點空隙給他好好說話。

「咳咳。」那張人皮是中年男子的模樣，他裝模作樣地清了清喉嚨，在葉千秋不耐煩地準備一腳踏下來之前，趕緊開口。

「我們本來也是外邊的人，就是你們所說的世間，但某天不知道爲什麼掉到了這裡，變成了這副模樣。」

「多久了？」葉千秋皺起眉頭，掃了一遍人皮海，似乎沒看到那個大嬸。

「每個人進來的時間不一樣，有的長有的短，像我已經進來了三十年。三十年啊……我的老婆兒子……」

男子雙眼冒出淚水，準備嚎啕大哭。

葉千秋又抬起腳，男子的眼淚迅速縮回去，「聽說也有人住了上百年，好像被擠到後面了。總之求求你們，求求你們把我們帶出去……」

人皮男又開始抽抽噎噎地哭。

這次葉千秋不管他了，她看了一眼蘇輕，「這些都是凡人？」

蘇輕搖搖頭，「說是凡人也不太對，他們身上已經沒有凡人的生氣，不然我剛剛不會沒有發現。恐怕他們早被鬼姬吸食殆盡了。」

「那能帶出去嗎？」

「可以是可以，但他們只剩這張皮還綁著靈魂，如果……」

蘇輕的話斷了。

「如果什麼？」葉千秋揪住他的袖子。這裡幾乎有上百人，還有人被困了幾百年，這種日子絕對一點都不好過。她不知道就算了，但現在這些人可都抓著她的腳，一個捱一個地哭。

「他們的人皮跟靈魂之間的連繫就是鬼氣，而我是天狐，不能吸收鬼氣，如果由我出手，我只會把他們淨化，妳懂嗎？不是超渡的意思，是他們的魂魄會被我的靈氣燒得一乾二淨。」

葉千秋只聽了個半懂，不過她大概知道了，蘇輕帶不走他們，而帶走他們的方法她可熟練了。

她將那把還不敢插回腰間的銀長刀狠狠插入桌面，「來吧！我帶你們走。」人皮海靜默了一陣，接著集體發出歡呼聲，飛快流入桌上那把銀刀，濃重到幾乎成墨的鬼氣一層一層纏了上來。

一會兒後，葉千秋的長刀上便貼滿了人臉。

葉千秋又望了一眼四周，確認沒有任何一張遺漏後，才深深吸一口氣，拔起銀長刀。不出蘇輕所料，她踉蹌了一步，差一點跌到木桌下。

「妳，自身難保。」蘇輕扶著她，嚴肅地說。

「路見不平，拔刀相助。」葉千秋抬抬刀，露出一個虛弱的笑容。

刀即是她，她即是刀。

她要承受這麼多的鬼氣，已經心有餘而力不足了。

眼看葉千秋竟然還有力氣開玩笑，蘇輕實在不知道該拿她怎麼辦了。他一咬牙，不管是什麼招，能用的就是好招！得先穩住她的狀態，不能讓她失控變成疫鬼。他低下頭，唇瓣擦過葉千秋的耳朵，「我說過了，妳一日不成疫鬼，我就一日陪著妳。妳不用管我爲何而來，妳只管知道我定不離不棄。」

他又補了一個能顛倒眾生的笑容，然後看著葉千秋向後栽倒，她直接昏過去了。

葉千秋又病倒了。她一次接納了這麼多鬼氣，雖然不是像之前那樣強行吸收，可她仍然支持不住，再度發起了高燒。

她的高燒來勢洶洶，蘇輕在這裡幾乎不能使用能力，想淨化葉千秋身上的鬼氣也做不到，而且葉千秋昏迷過去之前，一把將銀長刀插進了腰間，蘇輕要幫，也不知從何幫起。

她不僅發高燒，還處於昏迷的狀態，她不斷地夢囈，哭喊著爸爸、媽媽。蘇輕沒有父母，不是很明白葉千秋的感覺，但他依舊伸出手，緊緊握著葉千秋的手。

葉千秋淚流不止，臉上的淺灰淚水逐漸成墨，滲進木板床裡，發出滋滋作響的燒焦聲。

蘇輕急得團團轉，葉千秋正在與這個世界融合，她就要化成疫鬼了。

他的手伸了又放，好幾次搭在葉千秋脆弱的脖子上。這是最後的機會，他雖貴爲天狐，可是在這畫中世界，他還不如一隻天生地養的狐狸，要是不趁著葉千秋的轉化期下手，眞讓她成了疫鬼，他就殺不了她了。

但他猶豫了。

葉千秋閉著眼睛流淚的樣子，讓他心底有了一絲觸動。他知道自己沒有動情，但是他很羨慕葉千秋有那樣的勇氣，她曾說過她不服命運，說過她定要讓那些將她玩弄於股掌間的人後悔。

葉千秋是在狂躁的狀態下說出這些話，不過蘇輕知道葉千秋是眞的有這種想法，不像他。

蘇輕垂下目光，他很羨慕葉千秋。

卻也僅止於羨慕而已。

他沒有這樣的勇氣對抗命運，對抗那些將他扔到幽冥地底關上千年的仙人。

他扣住葉千秋的脖子，微微用力。

他一開始還有點不敢相信自己在做什麼，接著就狠下了心，逐漸加重力道。葉千秋的臉慢慢漲紅，即使在昏迷中仍掙扎了起來，而後終於張開眼睛，試圖掙脫蘇輕的手。

蘇輕沒有放開手，他望著葉千秋的眼眸，低聲說著：「妳說過寧死也不讓那人稱心如意。我……完成妳的心願。」

葉千秋的淚水從眼角滑落，她停下掙扎，凝視著蘇輕。

她一動也不動，身上逐漸失去力氣。

她，就要死了。

葉千秋望著眼前也在流淚的蘇輕，心裡有點不捨。這樣的愧疚，蘇輕要背負多久才能忘記呢？她身不由己，蘇輕也是身不由己，他們何錯之有？

葉千秋用上最後一點力氣，抬起手輕輕抹掉蘇輕臉上的淚。

蘇輕愣了一下，他流淚了嗎？

不，他只是一隻想要活下去的卑鄙狐狸而已，怎麼會有淚水？

蘇輕放開手，怔怔地往後退，抬手摸著自己臉上的冰涼。他不顧床上正在大咳特咳的葉千秋，逕自跑了出去。

葉千秋病著，也無力去追，好在天黑的時候，蘇輕回來了。

他走到葉千秋的床前，她醒著，身上還滾著高熱，只是強撐著不再昏睡過去。

她不想死，她不想讓蘇輕背負這種愧疚。

蘇輕注視著葉千秋，她身上鬼氣濃厚，幾乎已經到了要破體而出的地步，距離化爲疫鬼只差一步。現在不殺她，以後還有機會嗎？

他沉思了半晌，露出一抹輕淺的微笑，若無其事。「對不起，是我心急了，我說過，等妳成了疫鬼，我才會殺妳。」

是了，這是他的誓言，他必須遵守。如果葉千秋終身不成疫鬼，他就伴她終身，如果葉千秋下一秒成了疫鬼，那也是下一秒鐘的事情。

葉千秋搖搖頭，勉強站起身來，「我們去找那對夫婦。這裡，不能再待了。」

她扶著蘇輕的手，蹣跚地走出這個小村落。葉千秋拔出腰間的長刀，上頭無數人皮憂慮地看著她，她不禁輕笑，「行了，不用這樣看我，我　個都不會丟下的。」

她安撫著人皮，一步一步走著。

她已是強弩之末，之前吸收了那麼多鬼氣，在激昂的情緒中得到無與倫比的力量，現在卻要勉強壓抑著體內躁動的鬼氣，因爲她說什麼都不能在蘇輕面前轉化成疫鬼。

她渾身都是冷汗，手心汗涔涔的，蘇輕也不嫌棄，只是緊緊地握著。

兩人沒有再交談，葉千秋光是要壓抑體內的鬼氣就幾乎快要力竭暈厥過去，屬於人的那一部分正快速地衰弱。她高燒不斷，退了又燒，感覺自己的五臟六腑彷彿即將被焚盡。

她將以被鬼氣充滿的人身鬼體，直接化成疫鬼嗎？

葉千秋不知道，也不想知道，她死死壓制著體內鬼氣，緊緊握著蘇輕的手，讓人皮引路，前往這畫中唯一的一條江河。

如果沒有猜錯，那對夫婦應該就在江邊的木屋。

雖然不知道他們爲什麼沒有與這些人皮混在一起，但現在思考這些已經沒有意義了，這是一個他們不得不跳的陷阱，只能按著幕後黑手的安排行動。

葉千秋有些不忿，不過她看著蘇輕，忽然覺得怨懟少了一些。死在這人身邊也算是一種不錯的死法。

只是捨不得讓蘇輕背負著殺她的愧疚。

蘇輕啊蘇輕，你可眞是該死，你以自己爲引，魅惑我動情，讓我留住清明，卻不知道，恢復了清明之後，我一點一滴地學會心痛。

葉千秋有些恍惚地想著，死死咬住舌尖，用疼痛來維持清醒。

兩人又走了一陣，終於走到江邊。他們離木屋越來越近，終於看見站在木屋外的大嬸，大嬸看似動彈不得，仍只是哭喪著臉看著葉千秋。

「大嬸，我來了。」葉千秋勉強自己露出一個笑容。

她伸出手，想帶走大嬸，沒想到大嬸紋絲不動，仍然像假人一樣定在原地。葉千秋不明所以，搭上了大嬸的肩膀。

沒有用？

葉千秋看向蘇輕，而蘇輕看著江邊，那裡有一個漁夫，正笑吟吟地看著他們。

漁夫身旁還有一個男人，穿著大嬸提過的汗衫，應該就是大嬸的丈夫。大嬸與她丈夫動彈不得，那名漁夫卻輕而易舉地站了起來，走向這裡。

「山中無甲子，寒盡不知年。」他對著葉千秋跟蘇輕說。

蘇輕警惕起來，他擋在葉千秋身前，露出溫和的笑容，「這裡的確是人間仙境，但您不知年，大家可未必也都不知年。桃花源再好，終究不是他們的家，是不是能讓我把人帶走？」

蘇輕敏銳地察覺，眼前這人應該就是整幅畫的「畫眼」，這幅畫是以他爲中心運作的。畢竟從外界來看，這是一幅臨江垂釣圖，因此主角不用說，自然就是這臨江的漁夫了。

漁夫揮了揮手，「我又沒攔著你們。」

他說是這樣說，但不管葉千秋怎麼嘗試，就是帶不走大嬸跟她丈夫。

葉千秋心裡著急，她不知道還能壓抑體內的鬼氣多久，如果帶不走他們，此行就功虧一簣了。她看著蘇輕，不自覺流露出無助的神情。

蘇輕捏了捏她的手心，低聲說：「別急。」

他向前一步，朝著漁夫長揖到底，「請您指點一二。」
漁夫挑了挑眉，沒有正面回答蘇輕的問題，「說起來，曾有人跟我說過，如果我想離開這裡，就要把那江中蛟龍釣起。」
蘇輕略一思量，「您也是被困在畫中之人？」
漁夫淡笑，「困不困倒未必，只是外面紛擾，沒想過要出去。而且我臨江垂釣不知多少歲月，也不曾見過蛟龍吃餌。」
蘇青啞然片刻，這畫裡面到底收了多少神怪之物？
「能否將釣竿借給我們一試？」
漁夫指了指江邊，接著自顧自地走回屋內，只回頭說了一句：「你們要是能釣起江中蛟龍，我就跟你們走，我一走，此畫必破，他們也能走了。」
蘇輕再度長揖至地，「謝謝。」
漁夫朗聲大笑，躺到了屋內的木床上，安穩地打起呼來。
蘇輕牽著葉千秋走到江邊，此江極廣，一眼望不見邊際，只見遠處山巒層層疊疊。江面平靜，偶爾泛起輕波，淺灰色的江水緩緩流動。
蘇輕拿起漁夫放在江邊的釣竿，坐上屬於漁夫的小椅子，收回了釣線。釣線回收後，他卻暗叫不好，竟是無餌垂釣！
這漁夫把自己當姜太公了？

他一手握著釣竿，一手握著葉千秋冰涼的手，耐心地哄著，「沒事、沒事。靠著我睡一會兒，妳還在發燒，別撐了，睡一下吧。」

他的聲音很輕，葉千秋輕輕靠著他的肩膀，依言閉上了眼睛休息。

蘇輕就這樣聽著葉千秋淺淺的呼吸聲，看著眼前江天一色的景象，飛快地思索著各種辦法。

他運起眼力凝視江中，卻什麼都看不見。

他撿起一塊小石頭，用了巧勁打了個大水漂下去，水面撲通數十聲，仍然毫無動靜。

他張了張嘴，想大喊幾聲，但看了看緊蹙著眉頭熟睡的葉千秋，又把嘴巴閉上了。

哪裡有什麼蛟龍啊？

蛟龍啊蛟龍，你行行好，自個兒出來吧，我們還等著你救命呢！

蘇輕坐困愁城，嘆了好大一口氣。

第六章

她微微一笑，蘇輕卻從她的眼神裡面看出一點別的訊息，是別離的意味。

三天過去了，那條該死的蛟龍還是連個影子都沒有。

葉千秋的狀況越來越差，她面色極度蒼白，雙眼瞳孔淡得像是消失了一樣，渾身鬼氣張狂外放，連那名漁夫看了都皺起眉頭。

「她這是怎麼一回事？看起來應該是人，卻比鬼還像鬼。」

蘇輕苦笑，「前輩能否救命？」

漁夫搖搖頭，「不能。」他頓了一下，又補上一句，「就算我出手也只是治標不治本。」

蘇輕差點跪下來，「治標，就治標！」

漁夫看著他，嘆了一口氣，走到盯著江邊的葉千秋身旁晃了晃，「還看得見嗎？」

葉千秋愣了一下，抬頭看著漁夫，眼神有些茫然。「我……」

蘇輕駭然，他這幾日都待在葉千秋身旁，卻不知道她已經幾乎失明了。

葉千秋好像知道他在想什麼，望著他剛剛出聲的方向，投去一抹淺淺的微笑。

漁夫在江邊撿起一片蘆葦的葉子，伸出食指在上頭寫了幾個難以辨認的字，印上了淡淡的墨色，然後把蘆葦葉交給葉千秋。

「聽著，妳現在人不人、鬼不鬼，已經半個身子過了陰陽兩界的界線。妳的五感會慢慢消失，先從眼睛開始，最後是觸覺。捏著這片蘆葦葉吧，妳要時刻記得自己是誰。」

蘆葦隨著他的話發起光來，葉千秋點點頭，把那片葉子揣在懷中，什麼都沒有說。

漁夫走回蘇輕身邊，投去一個愛莫能助的眼神後，就想走回木屋，蘇輕趕緊一把拉住他，「前輩，我乃天狐，天地靈氣所化，並非心術不正之輩，能否請前輩助我一臂之力，釣出江中蛟龍，讓我們離開這裡？」

「哦？你想做什麼？」漁夫立於江邊，狀似悠閒，目光卻很銳利。

「我下去找蛟龍，逼牠離開江水，如果前輩看見牠出來，請務必出手。」

蘇輕長揖至地，也不等漁夫回答便一躍而下，落入江中。坐在木椅上的葉千秋猛地站起來，她都聽見了，所以這水聲是代表蘇輕跳下去了？

她胡亂摸索著，耳邊傳來漁夫的聲音。

「坐好，妳現在若是跌下去，就要當蛟龍的午餐啦！」

葉千秋急切地搖頭，「他下去了嗎？不行，他在這裡使不出什麼能力，下去會死的！」

漁夫啼笑皆非，「妳管他，妳自己都要死了。」

他拉過一張椅子，也坐在江邊，嘴裡哼著小曲，還不忘拍拍身邊那名掉進畫中的倒楣鬼，「你說，我們這次能不能出去呢？」

蘇輕在江底游著，睜大眼睛張望，他能力盡失，幸好還能憋著一口長氣，不至於活活淹死。他身形靈巧，四處游動，試圖在這江底找到那隻不肯現身的蛟龍。只是這條江極爲廣闊，饒是他游速極快，一時半刻也找不到蛟龍的蹤影。蘇輕不肯放棄，他想到已經失明的葉千秋，不敢去猜測她現在是不是又失去了什麼。

她一定要死，但只能死在他手中，絕不能變成什麼疫鬼，讓人折磨致死。

蘇輕咬了咬牙，繼續游著。

江水極度冰冷，蘇輕凍得不斷打顫，卻也不管，就是不斷地游著。江底什麼生物都沒有，似乎整片大江都是蛟龍的地盤。

他找不到。

眞的找不到。

江底完全沒有蛟龍的身影，最後他實在累極，不得不停在一塊石頭上，茫然地看著眼前的水流。

好想就這樣順流而去，什麼都不顧了。如果可以讓他選擇，他可不可以不要當天狐？他不想殺葉千秋，可是他不殺不行，葉千秋注定要死，這是命運。

她以鬼子之身誕生，注定化爲疫鬼。

而他是這世間萬年以來，第一隻具有黑尾的天狐，他注定被關在幽冥地底，直到衰弱死去。

他跟她，做錯了什麼？

蘇輕問了自己這樣一句，心裡僅存的一絲理智隨之消失。

他展露出巨大的眞身，雪白的皮毛在江中顯眼無比，他四肢著地，身後九尾不斷擺動，江水激烈地湧動起來。

蘇輕舉起爪子猛地一刨抓，利爪頓時斷裂，一陣撕心的劇痛傳來，但他的指尖仍狠狠插入腳下的石頭。他仰天長嘯，聲音從江中傳到岸上，葉千秋忍不住站起來，緊握著拳。

蘇輕發洩了好一會，江水持續劇烈湧盪，連他所在的石頭都不斷晃動，接著竟往上抬起，他也隨之慢慢升起，破出水面。

一直到這時候，蘇輕才發覺，他腳底下哪是什麼石頭？根本是蛟龍那黑沉沉的腦袋！蛟龍拚命掙扎，想把蘇輕插在自己腦袋上的十指甩開，蘇輕卻更加用力，爪子的前端都插了進去。

蛟龍不斷咆哮，在江裡左右翻滾，蘇輕被甩來甩去，依舊死死攀著不放，說什麼都不肯下來。

岸邊的漁夫一時傻了眼，回過神來之後，他迅速抓起腳邊的竹釣竿，深吸一口氣，也衝了上去。他一手棍法耍得虎虎生風，借力使力，脆弱的竹竿硬是沒有斷裂，反而打痛了蛟龍。

蛟龍吃痛，再度怒吼，前有古怪漁夫，腦袋上又有椎心之痛，牠張大了嘴，滿口利牙向前咬下去，試圖先解決一個麻煩。

漁夫縱身，沒有停止攻擊，竹竿看起來細瘦，每一下卻都是雷霆萬鈞，可憐的蛟龍不管怎麼閃躲，都避不開漁夫從各種角度冷不防掃過來的釣竿。

蛟龍心想，打不過，總可以跑吧？

牠往下一鑽，想溜回江底，蘇輕手上利爪卻又狠狠一插，爪子前端都沒入了蛟龍的頭部。蛟龍疼得在江中翻來滾去，最後實在沒辦法，便奄奄一息地躺在江面上隨波逐流。

漁夫滿意了，也踩上蛟龍的腦袋，往下一甩釣竿，「乖孩子，吃餌吧！」

蛟龍差點一口氣上不來，簡直欺人……欺龍太甚！牠雙眼含淚，覺得自己渾身無一處不痛，看著那根釣竿，最後還是乖乖張嘴，咬住了釣竿前頭空空如也的勾子。

蛟龍心不甘情不願地咬著，天地忽然變色，所有江水湧起，水漫上了岸邊。漁夫眼看不對，一拉蛟龍腦袋上的蘇輕，竟是以一介凡人之身輕鬆拽起了那巨大的狐狸真身。

落地之後，蘇輕迅速變回人形，攔腰抱起看不見的葉千秋快速向前跑，足不點地，當然也不忘拽著狀況外的大嬸夫婦。

大嬸回頭望一眼急追而來的江水，還想扯開嗓子哭嚎，漁夫眼明手快地向他們一抓，掌心頓時出現一片黑氣，接著他張開嘴吞下去，絲毫不以為意。

「敢問前輩是何方高人……」蘇輕愣了愣，終於忍不住開口提出這個早已糾結數日的問題。

「臭小子，能活著出去我再告訴你！」

漁夫回頭瞪他一眼，又加快腳程，兩人一直跑，飛也似的跑，兩條腿跑得跟轉輪一樣快，穿過了原先見過的村落、山間，一直跑到山間小路的最頂，蘇輕他們的來時處，潮水卻還是慢慢地淹了上來。

「前輩……」

「別叫了！」

漁夫急得搔頭摸耳，原先悠然自得的樣子全都消失了。他被騙來這畫中已經不知道有多少年月，雖然當初騙他進來的那個女人說過，釣起蛟龍就能夠離開，但他沒眞的相信。

反正他沒什麼事情要做，在外邊的世界跟在這裡大概也是過著同樣的生活，不如就在此日日垂釣，度過餘生。

當時漁夫心裡打著這樣的算盤，沒想到他今日忽然起念想離開此畫，卻要被江水活活淹死，這實在太窩囊了啊！

他跟蘇輕面面相覷，漁夫苦笑一聲，「看來我得先跟你說我姓什麼了，免得墓碑被刻上無名氏三個字。」

蘇輕見這位高人還有心思開玩笑，頓時急得跳腳，「前輩，您別說笑了，要是連您都出不去，我恐怕更無法幫您刻墓碑了！」

漁夫點點頭，「說的也是，交代給你不太可靠。」

他目光轉了一圈，看著跟他們一同逃難的巨大蛟龍，「不如就交給你了，記得幫我在墓碑上刻個姜公兩字啊！」

蛟龍悲鳴一聲，雙眼直勾勾地看著漁夫，說有多可憐就有多可憐。

「不會吧？你也不行？」自稱姜公的漁夫摸摸下巴，還沒找到下一個託付的對象，底下的江水已經漫了上來，浸溼了他的鞋襪，還大有不斷上湧的趨勢。

水一吋一吋往上淹，姜公拽著蘇輕，身後還跟著一條蛟龍，三人一龍上了山頂。水勢越來越洶湧，他們的胸口以下幾乎都浸在水裡，蛟龍不若之前優游於江的模樣，擠在姜公身旁瑟瑟發抖。

姜公沒好氣地瞪牠，還拍牠腦袋。「你是蛟龍，也算半龍，你媽要是知道你怕水，當初生你出來時肯定把你吞了！」

蛟龍被罵得莫名其妙，事實上，牠這麼害怕是因爲直覺地知道，這個世界要崩塌了，他們將會全部葬身在這裡！

蛟龍嗚咽一聲，又繼續往姜公身邊擠。

水不停地往上淹，幾乎要漫過他們的頸子，就在這千鈞一髮之際，天空被劃開一道口子，彷彿有人拿毛筆直接撇了一橫上去。

那道口子裡傳出一個女聲：「快爬上來！」

女人的話音剛落，三人一龍的面前就出現一道階梯，階梯倉促而就，還在逐漸往天空上延伸著，看起來像是有人正在外面努力地於畫上添筆。

姜公俐落地率先往上爬，蘇輕抱著葉千秋隨後跟上。他們沒有時間去深究女人是誰了，現在就算眼前是火海也得跳，不然就要淹死在這滔滔江水中了！

他們不斷地爬，階梯越伸越快，離江面越來越遠。他們速度極快，江水卻也不慢，因此他們幾乎是在跟江水賽跑，比誰先跑到畫中的天空。

最後，階梯終於接上了空中的那道裂縫。姜公鑽了進去，蘇輕跟著一頭撞進去，身後的蛟龍更不敢落下，一溜煙纏上蘇輕的腳踝跟了出去。

三人跌到葉千秋的房間內，都是一臉劫後餘生餘悸猶存的模樣。

眼前有個女人瞪著他們，她一摔手上的畫筆，「你們可走運，家父曾讓我學畫數年，要不然今天我就不是畫階梯，而是畫繩子了！」

姜公搖頭晃腦，「繩子也好，就怕那龜孫子爬不上來。」

他看著蘇輕，顯然意有所指，蘇輕咳幾聲，又搖了搖葉千秋。「我們回來了。」

葉千秋茫然地看著四周，她的視力還是沒有恢復，「姨？」

那女人不是別人，正是紅鬱。她悚然一驚，向前一把握住葉千秋的手腕，「妳看不見了！」

她用的是肯定句。她早知道會有這一天，只是沒想到這麼快就來了。

葉千秋微微頷首，抽出腰間的銀長刀，「去吧！」

大量人皮從刀中竄出，他們不再只是一張皮，而是活生生有形體的死魂。

他們悉數下拜，「葉主。」

葉千秋揮揮手，「我是將死之人。」

那群死魂重重叩首，「願隨葉主至陰曹地府。」

葉千秋還想再說什麼，卻猛烈一咳，吐出了大片血花。她自己看不見，只知道指尖濡溼，而身旁的人全都大驚失色。

紅鬱牽起她的手，「別說了，跟我回去。」

「嗯。」葉千秋點點頭，讓紅鬱牽著走出去了。

她沒有回頭，甚至沒有看一眼蘇輕的方向，就這樣握著一掌心的血，走了出去。

蘇輕抬起手，又徒然地放了下來，只是撿起了葉千秋一直揣在懷中的那片蘆葦葉，反覆看了一夜。

姜公走了，也沒有留下聯絡方式，一臉新奇的他吹著口哨，打算四處轉轉，還拿走那幅已經成了白紙的畫。他說，說不定有一天他還要去找找原畫者，再央求對方替他畫一幅高山連綿。

蘇輕有些好笑，但看著擺擺手就離開的姜公，他忍不住心想，跟幽冥地底比起來，那畫中似乎勉強算是不錯的地方了。

而且姜公人挺不錯，他還順道把那對夫婦帶走了，說要送他們一程。那對夫婦其實已經死了，他們困在畫中數日，又不若姜公跟蛟龍這樣強悍，全身的生機早就被吸得乾乾淨淨，沒有成爲人皮眾只是因爲要引葉千秋進畫而已。

所以就算他們被強行帶了出來，也只能老老實實跟世間告別。他們倒是想得開，牽著彼此的手安分地跟著姜公走了，還一再地要蘇輕替他們跟葉千秋道謝。

姜公走了，有條小蛇卻怎麼樣都不肯挪窩。

那條巨大蛟龍從畫中逃出時變成了一條全身碧藍的小蛇，身上鑲著墨黑色的環狀節紋。牠掛在蘇輕腳上離開那畫，現在也盤在蘇輕的腳踝上不肯下來。

小蛇咬著自己的尾巴，變成一個腳環，裝死裝了個徹底，蘇輕拿牠沒辦法，只好讓牠就這樣掛著。

蘇輕掛念著葉千秋，但他找不到葉千秋。

他翻遍整個城市都找不到葉千秋的蹤影，他不知道她被那名女人帶去了哪裡，只能在遊戲中等著。

他一張地圖一張地圖走過，前頭已經沒有葉千秋那隻法師了，只有他一個人在雪地裡、沙漠裡、沼澤裡來去的身影。

蘇輕無事可做，因此遊戲裡每個角落沉睡著的世界王都被他找出來暴打一番，洗劫一空。他現在等級封頂了，也打到了許多不錯的裝備，挑挑揀揀選了一套銀白色的盔甲穿在身上，看起來比之前的孔雀裝好多了。

可是蘇輕有種悵然若失的感覺。他看著倉庫裡面一整排的寶物，想著葉千秋看到這些會不會高興。她很少笑，但打到寶的時候會露出興奮的笑容，雙眼亮晶晶的，然後趕著去打電話找買主或者掛上網賣掉。

蘇輕日日凌虐各個倒楣的世界王，直到第七天，葉千秋終於回來了。

蘇輕一在房間內感受到她的氣息，便立刻衝出房門，隨即卻愣在了在走廊上。

他看到葉千秋變得極長的一頭黑髮垂落至地，幾乎說不出話來。

她看起來是那樣漂亮，哀豔得像是仕女畫中白面朱唇的女人，但是蘇輕知道，她整個內在都被掏空了。

葉千秋率先對他笑了笑，她的視力已經恢復，不過瞳孔還是淡淡的咖啡色，淺薄得像是不存在一樣。

「我收了人皮鬼眾，總共一百零八人，都在這了。」她一挽身後垂至地面的長髮，散發出森森寒氣的黑髮繞過她的耳後，讓潔白的耳廓跟頸線露了出來。

「妳不要命了……」

蘇輕愣了好半晌，最後只說得出這句話。

葉千秋搖搖頭，「情況危急，要不是他們各攤了一點我身上的鬼氣，我恐怕已經不能站在這裡了。」

「妳將他們收於髮上，不是得日夜與椎心寒氣相伴？」

蘇輕垂下眸光，他雖然這樣說，卻也知道這恐怕是當時唯一的辦法。

葉千秋看著蘇輕，感覺有些好笑，「不然你替我看看，我全身上下還有什麼地方更適合收著他們？」

蘇輕從上至下打量了一遍葉千秋，點點頭，「也是，妳已經離死不遠了。」她體內的氣血幾乎徹底衰敗，生氣逸脫到只剩下一點點，身後的影子也消散到幾乎看不見了。

蘇輕說得這樣雲淡風輕，氣死人不償命，事實上早已深深皺起了眉頭。

來。

「沒事。」葉千秋說。她微微一笑，蘇輕卻從她的眼神裡面看出一點別的訊息

別離的意味。

他向前踏了一步，伸出手。「妳……」

葉千秋微微側了側身，即使蘇輕並沒有碰觸到她。她斂起笑容，「從今天開

始，我不認識你。你也別再來跟我說話了。」

蘇輕瞪大眼睛，一口氣差點上不來。

這女人要不要這麼絕情啊！明明前陣子還曾經同生共死啊！

蘇輕用眼神控訴著葉千秋。

葉千秋只是繼續說著：「謝謝你在畫中護我周全，但我們本來就是陌路人，就

算同是天涯淪落，也不該湊在一起。」

「妳……」明明就動情了。

蘇輕沒把話講全，只是盯著葉千秋不放。

葉千秋明白他的意思，她坦然回視。

就是動情了，才不能讓蘇輕殺她。她不要死在自己喜歡的人手上，那樣太悲哀

了。她會盡力活下去，直到最後一刻，她會想辦法結束自己這一生的。

她同樣用眼神告訴蘇輕自己的決心，「見你一次，殺你一次。」

蘇輕沒再說什麼，而是彎下腰拽著腳踝上那條碧藍色小蛇。他力道很大，小蛇不敢反抗，本來說什麼都不肯下來的牠，馬上就學會看人臉色了，乖乖鬆口。

蘇輕拉起葉千秋的手，將小蛇放了上去，小蛇立刻纏成一圈，像藍色金屬打造而成的手鐲。

他低聲回答：「這隻小蛇就是畫中那隻蛟龍，牠身懷劇毒，天天啃著我玩。那毒對我來說不算什麼，不過凡人只需一滴就能夠死透，妳如果有需要，就讓牠咬妳一口。」

他敲了敲「手鐲」，對著小蛇警告，「你自己看著辦。」

說完，他回頭鑽進自己房間，也不去看葉千秋臉上是什麼表情。那隻倒楣的小蛇在葉千秋手上發抖，心想我怎麼這麼衰？你們要相愛相殺，也別把我牽扯進來啊，我要是眞的殺了這女人，那還有命可以活嗎？

小蛇嚶嚶嚶地哭泣著，牠以爲傍上了靠山，卻不知道自己根本是哪裡能找死就往哪裡跳。現在想回畫中也來不及了，畫早就成了白紙，還被姜公帶走了。

葉千秋摸了摸小蛇身上冰涼的鱗片，戴在手上倒是不礙事。她輕輕點著蛇頭，走回自己的房間，下意識地打開電腦進入遊戲。

她也不知道自己還在期待什麼，當下只看到滿天的信鴿向自己的人物飛來，她一一收了，沒有隻字片語，全都是能換錢的東西，寶石、裝備、材料、卷軸，應有盡有。

她清點了一遍，每張地圖會出的寶物都齊了，連最難遇見的地底熔岩怪都貢獻了一份火山岩漿出來，這材料能夠打造出具有抗火功能的裝備，能夠賣個很不錯的價格。

蘇輕這七天到底是怎麼過生活的？

她打開好友欄位，看著上頭暗下去的蘇輕人物名稱，點了刪除。

蘇輕眞的走了，葉千秋不意外，也有些意外。

她說的話那樣狠，說看到一次就殺一次，人家早早走了也是情有可原。就算她其實打不過對方，這樣狠的話一說，恐怕都要讓人以爲她沒心沒肺了。

但她沒料到，蘇輕會一聲不響就走了。

她以爲蘇輕還會死纏爛打一番，她以爲兩人還要大打出手，她以爲、她以爲……她假設了好多可能，就是沒假設到蘇輕會就這樣輕飄飄地走了。

這傢伙的名字取得眞不好，一看就知道爹娘不疼，肯定不是親生的吧，不然誰捨得自家兒子這樣漂泊？

葉千秋胡亂地幫人家編起身世，腦補了個徹底。

另一頭的蘇輕完全不知道，他一時起意用的名字，居然連累了自己那根本沒存在過的父母。

他隻身搭上了火車、搭上了飛機、搭上了船，前往很遠很遠的各種地方。

他曾經加入考古團，穿過了在遊戲中見過的沙漠。

也曾經混在水手裡面，跟人家比酒量以換取一份工作，然後在海上漂流了好幾個月。

他甚至曾經成爲一名傭兵，專職救出各國被綁架的政要。

他不殺人，殺人太沉重了。

總之，他幾乎什麼事情都做過了，不管是多辛苦多粗重的工作，蘇輕能試的都試了。他連眉頭都不曾皺過一下，也沒用任何法術，就用這人身去扛、去磨。

一年後，蘇輕的足跡遍布了整個世界，他好像有流浪的癖好，一個地方總待不久。有人跟他稱兄道弟，他就把口袋的錢全掏出來請人家喝酒；有人對他投懷送抱，他就再喝得更醉一點，然後像屍體一樣躺在春意綿綿的女人身旁一整晚，動也不動，因此好幾次都被火冒三丈的對方拖到野外，差點沒凍死。

今天陽光毒辣得過頭了，但蘇輕不以爲意。他抱著一只破舊的小布包，躺在不知道位於地球哪個角落的躺椅上，呼呼大睡。

天氣很好，他懶得工作，也不管已經答應了人家要去幫忙蓋房子。他隨便拿了頂帽子蓋在臉上，只露出下巴的一片鬍渣，活像個遊民。

他長了些肉，不像剛來人間的時候那樣纖細了，還留了滿臉的鬍子，近看也猜不出他的年紀。這裡的人都稱他Su，單一個字，「輕」對當地人來說太難發音。

蘇輕現在只擔心需要人幫忙蓋房子的大媽會找到他，他在帽子下縮了縮，繼續做著春秋大夢。

只是他夢啊夢的，卻夢見自己變成一隻小狐狸，被人揪著後頸提起來。

蘇輕渾身的毛都炸了，他顫巍巍地轉過頭，仙人那張臉瞬間在他面前放到了最大，還咧開嘴對他笑。

仙人的手一鬆，小狐狸掉到地上，嚇得幾乎找不著方向。

「天狐啊，你也差不多玩夠了吧？」仙人故作慈祥地開口。

蘇輕忙不迭地點頭。

「那是不是該回去完成我交代你的事情啦？」仙人循循善誘。

蘇輕臉色難看了一下，一步一挪，像個小媳婦似的，張開狐狸嘴，「人家不要我在她面前晃。」

那模樣說有多委屈就有多委屈。

「哦。」仙人點點頭，「那是我的錯嘍？我叫你去殺她，怎麼不知道你還要顧及人家的心情？她要是變成疫鬼，我就把你的皮剝下來做成披肩，腦袋摘下來當球踢，剩下的肉剁成狐狸肉醬，連爪子都一根一根拆開來做不求人。所以——現在聽好了，給我立刻滾回那鬼子身邊。」

仙人的語氣和緩得不能再和緩。

「好、好……」蘇輕快嚇破膽了。

仙人看著瑟瑟發抖的蘇輕，滿意地點頭。轉身離開前，他又說了一句話，聲音低得幾不可聞。

「你如果殺了她，我就把她的魂魄從冥界撈起來裝進球裡，讓你扔著玩。」

蘇輕的眼睛亮了。

仙人一步千里，踏出蘇輕的夢境之後就消失無蹤，已不可尋。蘇輕醒來，也消失在這不知名的小鎮，讓鎮上居民一陣好找。

那個請蘇輕幫忙蓋房子的大媽罵罵咧咧了好一陣子，說Su下次要是再來這個小鎮，就要把他的臉打得跟她做的派一樣扁。

蘇輕到底去了哪裡？

他回家了。

急不可耐的他跑回葉千秋住的地方，剛好看到房東正指揮著工人，要把他的家具給搬出來。蘇輕一個箭步衝上前去，哎哎哎地叫著。

房東看到他卻沒什麼好臉色，這小子總共失蹤了一年又兩個月，押金都扣完了，人還沒回來，於是他乾脆找個時間，想把房間清空再租給別人，沒想到這小子突然冒出來了。

早知道就別等了！

「房東先生……」蘇輕搓著手，眼巴巴地看著房東。

房東冷哼一聲，「來得正好，你的東西都在這，快快拿走，別給我添麻煩了，省得我還要花錢載到垃圾場去！」

蘇輕瞪大眼睛，不是吧？

他無辜地眨眼，「房東先生，是這樣的，我前陣子發生了意外，剛剛才在醫院醒來，我怕給你造成困擾，所以立刻就跑回來打算聯絡你了！」

他說謊說得理直氣壯，房東狐疑地掃了他一眼。

別的先不說，這小子長壯又晒黑了，一個長期住在醫院裡的人能有這樣的好氣色嗎？但蘇輕笑得那樣眞誠，又偷偷漏了一點魅惑氣息，房東縱使有天大的怒氣，態度也慢慢軟化了。

房東拍拍他，「行了，那我也不跟你收最後的房租了，你把這些東西收一收，好好回去休養吧。」

蘇輕見房東態度和緩了些，立刻伸出爪子跟人家勾肩搭背的，好得像是能穿同一條褲子。

「房東先生，跟你打聽一件事情，我隔壁的葉小姐還住這嗎？」

房東先生點點頭，又瞪了蘇輕一眼，「人家不像你，跟我租好幾年了，房租雖然是月繳，不像你一次結清一年那樣闊綽，但她總是按時繳，我連一次都沒催過。」

蘇輕笑了，他伸出手往空無一物的口袋內一掏，一疊現金出現，「房東先生，這間房還是租給我吧？哎呀，你這眼神就不對了，我保證不會又忽然消失，就算我發生意外要斷氣了，也絕對會記得先打一通電話給你再死！」

「呸呸呸，童言無忌！」房東先生打了一下蘇輕的頭，「小孩子說這些死不死的，多難聽。」他一把抽走蘇輕手上的鈔票，點了一下，把一部分又退還給蘇輕。

他倒是沒有坐地起價，只多拿了兩個月的房租當作補償。

「明天我拿合約過來，再跟你簽一份新的。」

「好好好，房東先生慢走啊！地上滑，別摔跤了！」

蘇輕熱情地在後面喊。

前頭某個當場仆街的房東無語望天。

這小子就是個烏鴉嘴！

第七章

「妳看我多可憐，這輩子連隻雞都沒殺過，他們就要我殺人。」

「……要被殺的我好像比較可憐吧？」

原野上，一名女法師孤身站著，她的頭髮迎風飛揚，眼神淡漠，誰都不知道她在想什麼。

她的身後是千軍萬馬，各職業的隊伍都分派完畢了，站在預定好的位置上，整個螢幕上一片安靜，誰都沒敢在這時候打一句話。

攻城戰的時候在公開頻道對話大概是想找死，沒人這麼傻。

大家都在私頻裡面刷刷刷地聊八卦。

聊什麼八卦？

聊這次的攻城戰己方有多少勝算，聊這次開放的新城堡裡面到底有什麼好東西，聊有多少公會想咬這塊肥肉一口。

這遊戲已經約莫半年沒有改版了，這次改版的幅度很大，除了開放等級上限以外，也開放了一張適合封頂玩家的新地圖，附帶一座還沒有被任何公會占領的無主城堡。

這座城堡就是數萬玩家聚集在此處的原因。

只要占領了城堡，就能拿走新地圖的稅收，還能擁有城堡士兵的雇傭權，更別說裡頭由系統隨機配發的寶物。

各大公會聚集在遊戲內各個通往新地圖的傳送門，所有人都野心勃勃。

很快，巨大的空間傳送門開始運轉，藍色光芒逐漸轉換成紫色光芒，慢慢地綻放，當紫光燦亮到極點的時候，所有在螢幕前的玩家都忍不住眨了眨眼。

大家都知道，新地圖即將開啓，各大公會紛紛準備從世界各地進入。

女法師眼明手快，往前一步走進傳送門，下一秒，整個軍團就被傳入了新地圖。她幾乎是不假思索地翻身上了自己的坐騎，一隻巨大的火紅狐狸，行動速度非常快，也是這次改版新增的項目之一。

改版不過三日，新地圖的攻城戰就開啓了。

遊戲官方以維持遊戲性爲由，並沒有對外公布這次改版到底改了多少項目，在很多人都還搞不清楚到底改了什麼的時候，葉千秋不僅抓到了這隻狐狸坐騎，還多抓了幾隻對外販售。

原本公會裡面對於由她擔任主指揮很是不滿的人，也因此統統閉嘴了。

是的，那隻站在整個軍團前面的女法師就是葉千秋的人物，冷凝香。這名字很文藝，其實只是葉千秋當初看網路小說的時候，隨便記下來的。

不得不說，她在這方面大概跟蘇輕有相同的毛病，取名障礙。

不過俗話說的好，沒有不優良的戰鬥機，只有沒有用的駕駛者。

葉千秋就算把人物取名做蠢蛋，也照樣能橫掃千軍。

她操縱著冷凝香騎在巨大的火紅狐狸上，在戰場上輕靈地穿梭，指揮若定，絲毫不亂。她在公會頻道裡面指示手下軍團拆成各支小隊，開始攻擊試圖前往新城堡的其他公會成員。

只是這次攻城戰的混戰範圍實在太大，參與的人數又太多，葉千秋的公會「龍門客棧」很快就死傷無數。雖然在葉千秋的指揮下，折損的戰力已經比別家公會少很多，但公會成員列表內的頭像還是一個接一個黯淡下去，呈現灰色的死亡狀態。

在攻城戰中是不得復活的。

葉千秋乾脆按了一下桌上麥克風的按鈕，清冷的女聲傳進公會語音頻道，沒聽過她聲音的人都屏息了片刻。這聲音嬌嫩得很，難道遊戲裡排名第一的職業打工戶竟是個小女生？

「會長，人太多了，繼續打的話，會把所有人都賠在這裡。」

葉千秋據實以告。

會長這時候當然也在語音頻道裡面，他沉吟了一下，然後發令，「那按照備案計畫，冷凝香隊伍裡的人跟著她走，其餘的人留下來替他們斷後！」

葉千秋只說了一句「你們小心」，就操控著法師脫離戰場，其他人立刻跟上。

按照當時所擬定的備案計畫，他們這支二十人小隊要去偷城。

偷城，顧名思義就是，葉千秋他們現在要去不遠處的城堡，偷偷摸走城牆上那隻守城王頭上的王冠。

只是這計畫凶險萬分，幾乎很可能是有去無回，成功的機率大概不到一成。

那座新城堡的屬性是黑暗，裡面布滿了各種死靈類的怪物，骷髏衛士、骷髏尖兵、骷髏弓箭手、食屍鬼、各色幽靈……

更別說城牆上的那隻守城王，還是一隻死得只剩骨架的龍。

就算人家死得只剩骨架，在場也沒有任何玩家敢小覷守城王的戰力。

骨龍的血條一望看不見底，翅膀搧啊搧的，周邊都出現了黑色的霧氣。

葉千秋抹了抹手心的汗，她不知道自己打不打得動那隻骨龍。不過死了也就死了，這次參加攻城戰，會長私下給了她二十萬金幣作爲出戰費用，換算成台幣也有兩千塊了。

可以吃一頓大大大大大餐。

葉千秋雖然一直板著臉，但其實她的目光自開戰起就呈現發亮的狀態，一邊思考怎麼偷城，一邊想著明天要出門吃一頓好的。

她操縱著冷凝香，毫不猶豫地撲向死靈城堡。

只是他們有備案計畫，別人當然也有，而且很巧的是，大家的備案計畫都一樣，除了一些比較小的公會還在觀望以外，各大公會全都分出了一支菁英隊伍前來偷城。

所有人在城堡的大廳裡面戰成一團，殺怪也殺人。葉千秋早就把坐騎收了起來，她的法師身形輕靈，所有裝備都被她換成了可以增加靈敏的類型，她不求攻擊力多高，只求能夠笑到最後。

她縱橫在混戰之中，大廳跟通道裡面法術滿天飛，還有各種近戰職業的鬥氣互別苗頭，陣亡的人越來越多，噴了滿地的裝備。

參與這次攻城的都是高等玩家，裝備自然不錯，葉千秋看著滿地裝備，嘖嘖兩聲，感嘆一句：「都是錢啊！」

然後立刻上了樓梯，毫不留戀地往上面竄。

傻子才在這裡打。

其實這道理大家都知道，可是不打不行，人實在太多了，全部混成一團。各家指揮官都拚命喊著，眞的能鎮定下來的人卻沒有幾個，有時剛想組合隊形就被人砍了一刀，或是被冰箭炸了一下，這種時候還能夠冷靜的人少之又少。

不過這之中不包含葉千秋的小隊，她早就嚴令不准在混戰中殺人。雖然在這裡殺人有功勳，等到城堡確定主人之後，可以跟城內的NPC換到不錯的裝備，但他們此行的目的是偷城，可不是要什麼功勳徽章。

所以葉千秋的小隊化整爲零，偷偷摸摸上了城牆。

他們一上城牆，就看到另一邊的樓梯也冒出了一小隊人，那支小隊探頭探腦，也不躁進，小心翼翼地上了城牆，同樣看到了葉千秋的小隊。

雙方隔著正在振翅噴氣的暴躁骨龍，很快評估了一下彼此的優劣勢。

一方近戰居多，另一方遠程較多。
一方物理攻擊的職業稍多，另一方法術攻擊的職業比例高。
兩支隊伍的特色差異極大。
葉千秋向前踩了幾步，小心地避開骨龍的攻擊範圍，手中控制的冷凝香仍舊面無表情。當初選擇人物模組的時候，葉千秋滑鼠一點，就捏了一隻板著臉孔的角色。
要不是女角色的賣價比較高，說不定葉千秋就捏男角了。
兩邊都在打量對方。
一瞬間，雙方都忽然向前衝去！沒時間了，底下的隊伍很快就會脫離混戰上來，與其在這裡磨磨蹭蹭，不如乾脆打一架，決定誰能去把骨龍殺掉，搶到王冠。
兩邊打的主意都一樣，所以也毫不客氣，驚天動地地打了起來，骨龍受到波及，十分生氣，翅膀一搧，無差別攻擊便發了出來。兩邊人馬的血條嘩啦啦直掉，後方的補師急忙拚命補血。
雙方都嚇了一大跳，這骨龍的攻擊力竟然這麼高？
大家都不敢繼續把招式往對方身上招呼了，有志一同地齊心殺起了骨龍。
葉千秋整個手心都是汗，她繞著骨龍遊走，一個法術一個法術地砸，精算得極準。她不敢把骨龍的注意力引到自己這裡，卻也不希望傷害值過低，免得到時候爆出王冠她卻撿不到。

她不斷丟著法術，一隻劍士忽然冒了出來，一溜煙跑到她面前，提著一把大刀橫劈過來，葉千秋急忙向後翻滾，定睛一看，是對方隊伍裡的人。她心裡有數，迅速替自己加了幾個保護性狀態，反擊了回去。

只是對方竟一動也不動，不閃不躲，硬生生捱了幾下她的反擊。

要不是葉千秋幫冷凝香換上了全加靈敏的裝備，平常這樣的攻擊都能將對方當場擊殺了。

葉千秋愣了一下。搞什麼？那傢伙斷線了嗎？

她向前一步，也不欲細想，打算施放個近距離的炸裂彈殺了對方。沒想到兩人距離一拉近，那隻劍士突然單膝跪地，系統直接炸出一個消息，以跑馬燈的形式掃過螢幕正上方，字體加粗放大還輪播了三次。

「玩家艾力克斯於惡靈古堡向玩家冷凝香求婚！」

葉千秋徹底傻了，她胡亂按了幾下技能，卻發現自己的人物正處於暈陶陶狀態，頭上還冒著愛心。葉千秋瞠目結舌，這什麼奇怪的系統設定？

改版什麼時候改了這個啊王八蛋！快點把我的操縱權還給我！

她氣急敗壞地在心中怒喊，看著那隻劍士站起身來，掏出一個銀色戒指獻到冷凝香面前，系統訊息又嚇死人不償命地飄出來了。

「請玩家冷凝香選擇同意與否。」

旁邊的人也全都傻住了，大家現在回過神來了，恐怕這個求婚儀式也是這次改版的內容。但讓眾人傻眼的是，誰會想在這種地方求婚啊……

葉千秋大怒，捉起滑鼠就想點下不同意。

想不到那隻劍士出人意料地一揮刀，直直插入了冷凝香的身體內，冷凝香的血條本來就未滿，遭到奇怪的求婚系統定身後，又被骨龍的無差別攻擊掃了幾次，現在忽然被這隻劍士突襲，她的血條便直接歸零了。

冷凝香向後仰倒，胸前破了一個大洞，還爆了滿地的全敏裝備。

遊戲畫面轉爲黑白，葉千秋重重地砸了桌子。這傢伙是哪裡來的天殘地缺，爲什麼這樣整她？

什麼場合不選，偏偏要選在攻城戰的時候！這張地圖現在有多少人啊！她還有沒有臉活啊……

想殺她也就罷了，幹麼用這麼噁心的招式？

更嚇人的還在後頭，那劍士慢悠悠地打了幾個字，冒在冷凝香的屍首上。

「葉，妳想我嗎？我回來了。」

葉千秋一口血吐出來，摘下耳機用力一摔，隔壁的人笑得開懷。

她知道是哪個傢伙腦子壞了趕著找死了。

其實這是一個Bug。

應該說，遊戲官方根本沒想過會有人在求婚之後把對方給殺了，更別說求婚道具之一的雙人戒指十分難打，難打到讓大家根本還沒發現這是改版內容之一，自然不會有相關情報流出。

所以那個不知是哪個工程師的神來一筆，本來似乎很有趣的暈陶陶狀態，就成爲葉千秋這次在攻城戰冤死的主因了。

葉千秋氣得寫了萬言書給遊戲官方，極力痛斥這個設計之腦殘，務求讓設計出這個環節的工程師找根麵線上吊。

她還沒得到回音，就看到遊戲論壇上的玩家全都正在七嘴八舌地討論那場「相愛相殺」。

無數留言拚命洗著艾力克斯向冷凝香求婚的錄影片段，內容大概分成兩派，一派認爲愛妳就要殺了妳這種劇情非常浪漫，一派則是奚落冷凝香，恨不得落井下石，踩這個專業打工戶兩腳。

畢竟遊戲裡面的台幣戰士總是不招人待見，專職賣裝備的打工戶也差不多。只是這些人嘴巴上罵，跟葉千秋交易過的也不在少數。

葉千秋冷哼一聲。八卦，眞是八卦透了！

她不耐煩地砸桌，乾脆也不開遊戲了。反正聽說那隻骨龍異常強橫，血條長到天怒人怨，把整座城的玩家都殺了，自身血量還扣不到一半，其他地方的玩家想起來，攻城戰那少得可憐的一個小時時間限制卻耗盡了，於是所有人空手而歸。

三日後，攻城戰才會再度開啓。

但葉千秋沒心思去管了，她正磨著牙想著隔壁那該死的傢伙。

她想，到底要把他清蒸好，還是紅燒好呢？

不過葉千秋掂量了一下雙方的實力差距，最後還是只能默默決定去買清蒸鱈魚跟紅燒獅子頭，權當在吃隔壁那傢伙。

她其實很喜歡吃合菜，只是一直都是一個人住，就算養隻小貓小狗也不能餵人家吃鹹菜，所以並不常吃。

今天她難得到巷子口的熱炒店買了兩道菜，又買了一袋白飯。回家途中經過蘇輕房門的時候，裡頭傳出了陣陣的遊戲音樂聲，她頓了一下，終究還是哼了一聲走掉。

人貴自知，自知者明。

當時她在大雨中攻擊蘇輕，是因爲不知道對方深淺，現在知道了，斷然沒有把頭送上去給人砍的道理。

就算那傢伙老是嚷嚷著等她變成疫鬼才會下手，這話她也不想聽，聽著多氣人啊。

葉千秋拎著菜回房，一個人吃著吃著，忍不住還是開了遊戲。

她操控著冷凝香在地圖上亂走，一口菜一口飯地吃，果不其然，等她吃了半條鱈魚之後，身後又多了一條小尾巴。

她往東走，小尾巴也往東走；她往西走，小尾巴同樣立刻改道。

葉千秋吞下一口飯，站起身來，角色就隨意放在野外。

她慢騰騰地把鱈魚跟獅子頭收進盒子內冰了起來，打算當明天的午餐，然後又吸了地板、洗了衣服，甚至連桌椅都擦了一遍，才走回螢幕前面。

那隻劍士站在她旁邊，正在解決被他們吸引過來的野外怪，她靜靜看著，什麼話都沒說。

又看了一會兒，葉千秋打了幾個字，打破沉默。

「幹麼換新帳號？」

那隻劍士轉過來，看著冷凝香的方向。「原本的被盜了。」

葉千秋愣了一下，這原因還真是簡單，她怎麼就沒想到？

「角色呢？」

「也被刪除了。」

葉千秋點點頭，總算知道蘇輕買新帳號的原因了。

不過重點不是這個！

「幹麼跑到攻城戰裡面來攪和？」葉千秋哼了一聲，沒問出口的是，幹麼還搞出那齣噁心死人的求婚戲碼？

「這角色的公會會長不知道帳號持有者已經換人了，點名我去，一看到妳，我太高興就跑過去了，剛好打到戒指，也就用了。然後看妳被定住……手癢。」

「……」

葉千秋有種想殺人的衝動，手癢也別殺我啊大哥！

而且這傢伙的說法會不會太隨便了？

葉千秋咬了咬下唇，算了！遊戲而已，那套全敏裝還是會長弄來的，噴了就噴了。她更想知道的是——

「你回來幹麼？我不是說過見你一次，殺你一次嗎？」

葉千秋俐落地打出這段話。

這次蘇輕沉默了很久，久到葉千秋以爲他不打算回話了，蘇輕才慢悠悠地冒出幾個字。

「妳想我嗎？」

葉千秋瞪大眼睛，這是哪招？

「你腦子壞了？」她直接嘲諷對方。

蘇輕自顧自地一句一句打，「我叫蘇輕，我是天狐，他們說我生來不祥，所以只能被關在幽冥地底不見天日。我從來沒想過反抗，我跟他們差距太大，反抗了也是死路一條。」

葉千秋沒說話，看著螢幕上的對話框慢慢刷新。

「我說過那千年的日子生不如死，但就算這樣，我還是不想死。我出生的時候，只看了這個世界一眼就被丟到幽冥地底，我憑著這麼一眼想了上千年，我想，總有一天我要出來再看一看這個世界。」

葉千秋無語。

她拿自己跟蘇輕比慘沒意義，他們都是身不由己。

好半晌，葉千秋才鄭重地敲下幾個字，「所以你回來是爲了殺我嗎？」

坐在另外一個房間裡的蘇輕，跟葉千秋之間只隔著一面薄牆，但他難得沒用靈力去窺看葉千秋，只是閉上眼睛，輕輕打了一個字。

「是。」

他心裡紛亂，各種情緒都有。這一年他親自走過世界上的很多地方，經歷了很多事，可不知道爲什麼，還是葉千秋在雨中那一句「我不服」給他的震撼最大。

是什麼樣的人在命運的緊逼下，還能說出這樣一句話？

他看過很多風景，卻總是想起葉千秋。

他遇過很多女人，卻總是想起葉千秋。

他跟很多人說過話，卻總是想起葉千秋。

所以他回來了。葉千輕這樣平淡地問他一句，你回來是爲了殺我？

蘇輕也只能說，是。

是，我是爲了殺妳而回來。

但仙人已經答應我，會把妳的魂魄給我，妳不服命運，那我就將妳帶在身邊，妳永遠不會再入輪迴，永遠不再擁有命運。

我殺了妳，妳就能得到眞正的自由了。

一陣漫長的沉默之後，葉千秋操縱著法師打了一道天雷下來，天雷帶火，劈得蘇輕的新角色外酥內嫩，原地暈眩了三秒，然後被葉千秋乾淨俐落地一刀插進心臟，血條歸零，畫面變爲黑白。

蘇輕愉悅地笑了起來，看著遊戲螢幕上，葉千秋打出的最後一句話。

「讓我想想看，能不能把命交給你。」

蘇輕樂開了花。

他也不知道自己在高興什麼，隔天他就膽大包天地跑去敲葉千秋的房門。

「幹麼？」

葉千秋打開房門，懷疑地看著蘇輕。

原來這傢伙也知道她的房門在這裡，而不是在牆上。

「吃飯。」

蘇輕咧開嘴，笑得十分愉悅，也十分欠打。

葉千秋瞇了瞇眼，蘇輕笑得晃眼。她又打了一個哈欠，「幾點了？」

她昨晚看小說看到天亮，現在都還沒完全清醒，只知道天亮了，也不知道到底幾點了。

「兩點了，我肚子餓。」蘇輕可憐兮兮地看著葉千秋，豎起兩根手指頭。

你餓了關我什麼事……

葉千秋嘆了口氣，看著蘇輕眼巴巴站在門口的樣子，她還是轉過身進房，隨便穿了一雙拖鞋，披了一件外套。她的睡衣本來就是普通的短袖短褲，反正現在是夏天，這樣出門也沒什麼關係。

「你要吃什麼？」

葉千秋繼續打著哈欠，抹著眼角的淚花，跟著蘇輕下樓。

蘇輕走了幾步，四處張望著，好像在找什麼，而後忽然興奮地喊了一聲，「幸好還開著！」

葉千秋順著他手指的方向看過去，是那間熱炒店。

她嘴巴張了張，又閉起來，悶著聲音說：「還開著那就走吧。」

葉千秋率先走進去，心裡有種異樣的感覺，她絕對不會說她的願望之一是有人可以跟她一起吃熱炒……

看著點菜單，葉千秋大筆一揮，點了滿桌的菜。蘇輕是無所謂，反正葉千秋點多少他就能吃多少，而且他對凡人的食量不是很有概念，畢竟他曾經在某個國家看過瘦瘦小小的少女一口氣吃掉三十盤壽司。

所以他也不管葉千秋點了什麼，只是支著下巴笑咪咪地看著她點菜。他在浪跡天涯的期間，跟什麼人都能相處得很好，沒道理不能跟葉千秋和和氣氣地坐在一起吃飯。

等到滿桌的菜上來之後，葉千秋的心情明顯變好了。

她東夾西夾，每道菜都吃幾口，扒了半碗白飯，然後看著正在大快朵頤的蘇輕開口。

「我不會變成疫鬼。」

蘇輕吞了半顆宮保皮蛋，點點頭，「那很好啊。」只是不可能而已。他繞了世界一圈，也長進了一點，現在知道什麼話該說，什麼話不該說了，所以沒有講出眞心話。

葉千秋又接著說：「但我如果眞的變成疫鬼，你可以殺了我。」

蘇輕又點點頭，「謝謝妳。」

葉千秋意味深長地看了他一眼，又繼續朝滿桌的菜進攻。她愉快地吃著，合菜就是要點一大桌，很多人一起分著吃才有滋味。

雖然他們只有兩個人，不過蘇輕看起來就是個吃貨，能抵得上四、五個人了。這樣算起來，他們這桌也是坐得滿滿的。葉千秋滿意地想著，揮著筷子敲了敲鳳梨香菇雞湯的鍋緣。

「這湯是他們的招牌大菜，很好喝。」

葉千秋沒說出口的是，因爲是大菜，一個人吃不完，所以她從來沒點過。

蘇輕抬起頭看她，雙眼亮晶晶的，馬上盛了一碗雞湯一飲而盡，還抹了抹嘴，「眞的不錯，謝謝！」

葉千秋愉悅地點頭。就是，難怪每次來每桌都有一鍋。

她也盛了一碗，慢慢地啜著。雞湯很燙，她可沒辦法像蘇輕那樣。

難得心情很好的葉千秋又開口了，「你說你是天狐，天狐是什麼？」

蘇輕一邊嚼著滷大腸，一邊回應，「就是狐狸的一種，很高貴的。」

葉千秋「哦」了一聲，「那爲什麼會被關在幽冥地底？」

蘇輕嘆口氣，用筷子指了指頭頂，「那裡啊，住著一群鳥人。他們沒長翅膀，但是很鳥，講道理都講不聽，硬說我是什麼黑化的天狐，非得把我扔進幽冥地底關起來。」

「所以也是……鳥人？要你來殺我？」

蘇輕點點頭，「就是。妳看我多可憐，這輩子連隻雞都沒殺過，他們就要我殺人。」

「……要被殺的我好像比較可憐吧？」

聽到葉千秋這樣說，蘇輕立刻咧開嘴，「不可憐不可憐，鳥人說，等妳眞的死了，就把妳的靈魂從冥界撈出來，裝成球給我扔著玩。」

蘇輕原封不動地把仙人的話重複了一遍，他果然還是沒把說話藝術這門課給學全。

葉千秋額上的青筋抖了抖，終究沒克制住，拿起桌上的苦瓜鹹蛋砸了過去，糊了蘇輕一臉。

「你才讓人當球扔著玩，你全家都讓人當球扔著玩！」

她拂袖而去，蘇輕拿下臉上的菜盤子，聳了聳肩。女人心海底針，這句話真是至理名言，古人誠不欺我也。他抹了一把臉，繼續動著筷子，也不管身上還掛著青黃色的苦瓜片。

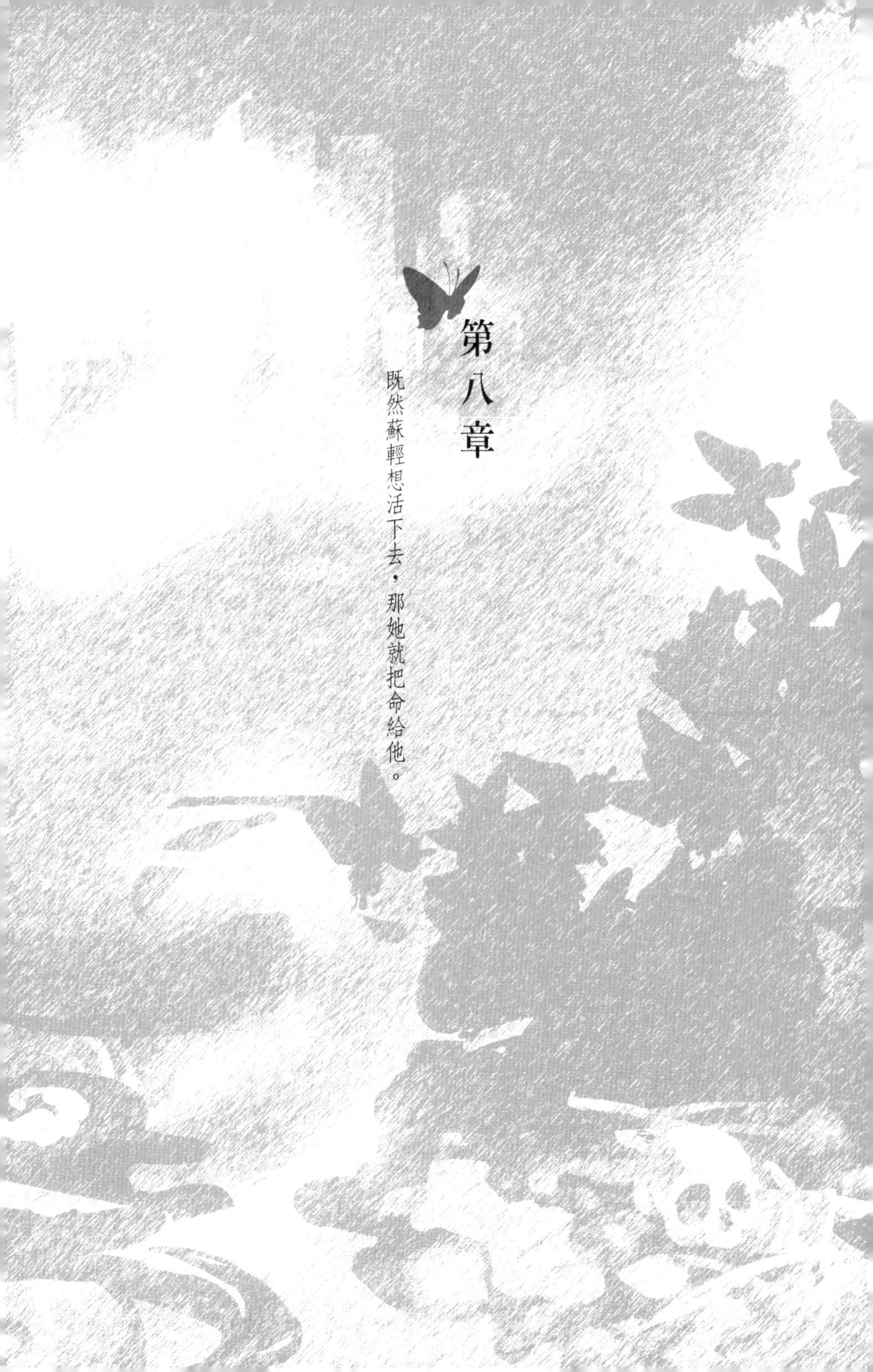

第八章

既然蘇輕想活下去，那她就把命給他。

葉千秋並不是好管閒事的人，她只是性子倔，因爲知道那些妖魔鬼怪都是那人派來的，所以她偏要一個一個斬了，怎樣都不肯繞道走。

她沒得選，但也不想像隻喪家犬般無止盡地逃。

可是她倔強，便不免落入對方一步步的計畫中。

現在她身上的鬼氣幾乎已經壓過人氣，黑髮垂落至地，上頭寒氣森然，附著一百零八人皮鬼眾。她的五臟六腑幾乎都被燒乾了，體內只剩鬼氣運轉著，還有一顆心臟勉強能跳。

饒是如此，她仍然不想死。

所以蘇輕特別惹她討厭，每次看到蘇輕就好像看到自己已經死了一樣。

但不管怎麼說，蘇輕總算是魅惑過她（葉千秋現在堅決不承認那是動情），又成天跟在她的後頭，都說一回生二回熟，所以現在蘇輕這條小尾巴能夠光明正大地跟在葉千秋的遊戲角色身後了。他滿等了，裝備也不差，成天沒事幹，就跟著葉千秋四處晃。

也因爲這樣，兩人又展開了狩獵計畫，近程目標是推倒各大地圖的世界王，遠程目標是讓儲物欄塞滿可以賣錢的好東西。

他們在遊戲世界中穿梭，蘇輕第一次看到葉千秋的坐騎時，面色有點扭曲，好半晌才打出一句話。

「我的坐騎跟妳交換怎麼樣？」

說實話，葉千秋不是不心動，蘇輕的坐騎是一隻極地雪熊，皮糙肉厚、血多防高，最適合有玻璃大砲之稱的法師，而葉千秋用得最順手的職業也是冷凝香這隻法師。

可是葉千秋只心動了三秒，就回了一句：「綁定帳號了。」

意思是她想換也換不了。

「那我再去找一隻別的來給妳行不行？」

「別的？除了極地雪熊以外都不要。」葉千秋特別指名。她現在用的這隻火狐雖然防低血少，不過勝在速度快，敏捷夠高，只要不被打到，就能在戰場上高速穿梭。

「……我盡力。」

事實上，蘇輕根本不知道要去哪裡抓極地雪熊，身下這隻是原帳號主人的，也綁定了帳號，他剛剛是一時傻了才會問葉千秋要不要跟他換，畢竟就算葉千秋同意，他們也換不了。

他一整個星期都注意著交易所，卻沒看到有人拿極地雪熊出來賣。

蘇輕天天看葉千秋騎著狐狸四處跑，心裡的彆扭自然不用說，他沒辦法，只好在網路論壇上慢慢爬文搜集任務資訊。

他面色古怪地看著論壇上的攻略，這任務也夠變態，要殺了熊王，撿到熊膽，才能跟另一頭母的極地雪熊王換取雪熊寶寶一隻。

極地雪熊寶寶養大了之後，才可以轉成極地雪熊，變成玩家坐騎。

於是，蘇輕從此每天都在葉千秋下線之後，一個人守在極地冰原，跟一大群玩家搶那隻一天才出現一次，時間還不定的極地雪熊王。

這樣刷了一個月，仍舊一無所獲，蘇輕開始考慮乾脆去遊戲公司威脅工程師發一隻極地雪熊給他了。

好在葉千秋後來又打到了一隻比翼鳥，雖然比不上火狐的靈敏，但比翼鳥能飛翔，屬於空中坐騎，可以避開很多麻煩地形，葉千秋喜歡得很，也不去騎那隻火狐了，才終於讓蘇輕成天窩在極地冰原的可憐日子結束。

今天兩人騎著各自的坐騎奔向寂靜之森，準備獵殺黃金蟻后。

黃金蟻后防禦力普通，血量也不算多，只是居住在深深的地底下，要找到牠必須花上大把力氣，得在螞蟻洞穴中鑽來鑽去，一個不小心還會被螞蟻小兵們圍堵，還沒見到蟻后就先陣亡回城去了。

進入螞蟻洞後，蘇輕的話明顯變少了。

他剛剛還在念叨極地冰熊的任務有多噁心，一進到螞蟻洞中卻忽然像是啞了一樣，聽著葉千秋的指揮，嗯嗯啊啊敷衍過去，最後乾脆一路沉默地跟在後面。葉千秋看了他的人物幾眼，但也沒有管他。

她打過黃金蟻后幾次了，這裡沒什麼危險，而且她知道路怎麼走，可以省下很多時間。別的玩家組隊來推蟻后至少要花上半天，她則只要三個小時就夠了。只是就算她知道正確的方向，還是在螞蟻洞中白白繞了幾次圈。她帶著蘇輕的劍士在螞蟻洞裡面爬上爬下，穿過一個又一個洞穴，還有狹長的小徑。

這裡不見天日，兩人都點開了蠟燭道具，也只能看到身旁的一點光而已。又耗費了大半個晚上，兩人才抵達洞穴的最深處，踩著無數小螞蟻的屍體來到了蟻后面前。

這場屠殺毫無懸念，蟻后本身攻擊力並不高，唯一能倚仗的就是這個錯綜複雜的洞穴。

而葉千秋他們都來到這裡了，蟻后自然沒有地形優勢了。牠不僅很認命地倒下，還爆出了受祝福的黃金翅膀，這是打造戰士盾牌的好材料，可以賣個很不錯的價錢。

葉千秋笑咪咪地看著背包，不斷審視著那片黃金翅膀，還幫它拍了幾張照片，放到網路上的台幣交易站。一片黃金翅膀售價五百元，今天晚上算是沒白打了。

等她忙完這一切，回過頭來才發現蘇輕不見了，也沒和她打聲招呼。

葉千秋看看那片黃金翅膀，心裡忽然有點愧疚。她每次都把寶物占走，沒分過蘇輕一星半點，要知道黃金蟻后雖然身嬌腰柔易推倒，但要是沒有蘇輕，她恐怕也還在這裡耗著，哪能這麼快就收工。

她想了想，站起身來打開冰箱，從裡頭拿出雞蛋打進碗裡面，開始打發。她打了一會兒，加入糖粉、麵粉、牛奶，然後倒進鍋子裡面煎熟。一邊煎著，又從櫃子裡面拿出鳳梨跟芒果罐頭，將水果擺在鍋子裡的雞蛋餅上。

關火，裝盤，水果可麗餅做好了。

葉千秋端著盤子，走到隔壁敲了敲門，不過沒人回應。

她閉上眼，身上的鬼氣森然蔓延，往外擴散。公寓裡體質敏感一點的人都打了個寒顫，睡熟的人也翻了個身，把被子往上拉了拉，明明是夏日夜晚，他們卻忽然感覺到一陣寒意。

幾秒鐘後，葉千秋收回鬼氣、睜開眼睛，往樓梯走去，她知道蘇輕在哪裡了。

她走上頂樓，看到蘇輕靠著女兒牆，望著遠處的夜景。風不斷地吹，吹得他身上的衣服緊緊貼著背，勾勒出纖細的腰線來，一條牛仔褲要掉不掉的，也不知道是他太瘦，還是太不修邊幅。

「上來做什麼？」

她問，走過去把盤子擺在女兒牆上。

「吹吹風。」

蘇輕沒有回頭，他早在葉千秋開口前就知道是誰來了。

堂堂天狐，不至於連這一點能力都沒有。

「你幹麼？」葉千秋瞥了蘇輕一眼，很敏銳地察覺到他的心情低落，「你怕螞蟻？」

——只是猜測的方向完全不對。

蘇輕笑了出來，天狐怕螞蟻？滑天下之大稽。

「我怕螞蟻做什麼？一根手指就能碾死的小東西。」

「那爲什麼心情不好？跟螞蟻有仇？我們可以回去再殺幾次蟻后。」

葉千秋果斷建議。蘇輕幫她打了這麼多寶物，今天整個晚上都耗在螞蟻洞裡面也沒有什麼不可以。

再說，黃金翅膀的賣價不錯，剛剛出門前手機來了簡訊，已經賣掉了。

葉千秋喜孜孜地想著。

蘇輕這時才看了她一眼，他們剛剛是組隊去的，葉千秋打到了什麼他當然知道。

「妳有這麼窮？」

葉千秋大方點頭。「廢話，我是人，要吃飯要繳房租，還要繳稅。」

她咬牙切齒地說著最後一項。

「那這些給你。」蘇輕往空中一抓，一疊大鈔撒了下來。

葉千秋瞬間眼睛都直了，可惡，就知道這傢伙是個手段不正當的暴發戶！她撇撇嘴，用食指跟姆指捏起一小塊水果可麗餅，塞進嘴裡。

「才不要，我要自食其力。」

蘇輕笑了，「那黃金翅膀我也要分。」

葉千秋瞪他一眼，把可麗餅往他那邊推了推。「喏，分你的。」

蘇輕笑了，也學著葉千秋的樣子捏起一塊餅皮放進嘴裡。他漫不經心地嚼了幾下，倒是滿好吃的，水果酸酸甜甜、餅皮鬆軟不膩。

「妳怎麼會做這個？」

「以前在餐廳打工過，老闆教的。」

「挺好吃的。」

「就是。」葉千秋點點頭，「便宜又好吃。」

「那妳還拿來跟我換黃金翅膀？」蘇輕掃了她一眼。

葉千秋一窒，這傢伙竟然抓她語病！「材料雖然便宜，但還得算上人工呢，而且我做的絕對是最好吃的！再說，你又不缺錢。」

「妳要多少我也能給妳多少。」

「不要，我要自食其力。」靠山山倒，靠人人老，葉千秋八百年前就明白了這個道理，靠自己最實在。

蘇輕無語，怎麼對話又陷入了鬼打牆？

雙方沉默了一會兒，卻也不覺得尷尬。說起來，他們很少這樣安安靜靜地共處，無論是在現實裡還是遊戲裡，通常說沒幾句話，葉千秋就會被蘇輕氣得想殺人。

「幽冥地底也是那樣。」忽然，蘇輕開了口。

「就像剛剛的螞蟻洞一樣，很深、很長，被關著的時候，我有時候都搞不清楚自己到底是不是早就死了。那裡很黑，只有陰森森的幽冥火焰，飄啊飄的，也不知道是真的能照明還是純粹拿來嚇人，反正我就只能看到洞穴中魔物們的各色眼珠子。」

葉千秋沒說話，她不知道能說什麼。

對她來說，螞蟻洞只是遊戲中的一張地圖罷了。

「其實我老覺得我總有一天要回去。」蘇輕轉過頭來看著葉千秋，神情茫然。「我好害怕，我不想回去，但我好像沒得選擇。就算殺了妳，他們也不會放過我，永遠不會放過我……」

他握緊了手，利爪不自覺地竄出，把他的手心刺得一片血肉模糊，他卻不覺疼痛。他自己都感到可笑，遊戲只是一堆數據，那些都是假的，他又有什麼好害怕的？

不過話說回來，什麼是眞的，什麼又是假的？

他被關了千年是眞；他能夠得到自由是假。

他只知道這樣。

他焦躁得想毀天滅地，卻也知道他如果眞的付諸實行，恐怕下一刻就會灰飛煙滅。

蘇輕一口氣說完這些，期待地看著葉千秋的眼睛，他覺得葉千秋會懂。在蘇輕的殷切目光下，葉千秋清了清嗓子。

「咳，幽閉恐懼症也是一種心理疾病，這得治……」

蘇輕瞪著葉千秋，目露凶光。

葉千秋趕緊擺手，「好啦好啦，以後不打蟻后就是了！唉，可憐我好不容易才把那條路記住，以後卻不能去打黃金翅膀來賣了……」

葉千秋還在埋怨，蘇輕已經氣得走回了自己的房間，還不忘把最後一塊可麗餅塞進嘴裡。

葉千秋看著他怒氣沖沖的背影，輕輕笑了。

她懂，她怎麼會不懂？但懂了又能怎麼樣？他們皆身在其中，反抗跟不反抗其實沒什麼差別，只是想不想順心而已。

她想順心，所以不希望讓那人稱心如意，而既然蘇輕想活下去，那她就把命給他。

葉千秋看著遠方的夜景，攏了攏頭髮，身後髮絲揚起，絞斷了前來偷襲的影妖脖子。她望著朦朧的美麗夜色，微微笑著。

今天是七夕情人節。

按理說，情人節不關葉千秋跟蘇輕什麼事。

但是他們玩的遊戲推出了情人節活動，還很罕見的不是刷怪掉道具換東西那種老梗，而是踩點。

遊戲官方在世界地圖各處放上了愛心，只要蒐集滿十個愛心，就能夠換一套情侶時裝，男生是西裝，女生是白紗，還有各種款式任君挑選。

重點是，這是遊戲裡面第一套可以交易的時裝。

衝著這點，葉千秋說什麼都要把這個任務解完，這些官方精心製作的套裝，在她眼裡統統都是白花花的錢幣。

不過這任務很麻煩，非得要兩名角色一起進行才行，如果蒐集愛心的時候，兩人沒有站在同一個點上，愛心就會破掉，還將附帶一個勞燕分飛的狀態，特別招野外怪討厭，會讓玩家被野外怪們圍毆致死。

葉千秋想要解任務賣時裝，又找不到其他人跟她一起解，只好支支吾吾地向蘇輕開口。

蘇輕倒是很爽快地答應了，反正他玩遊戲只是爲了跟著葉千秋，現在算是打發打發時間。

只是愛心的放置地點簡直令人髮指，不是在什麼古堡的頂端，就是在懸崖的邊緣、在洞窟的某一側，或者在海底的沉船裡。

而官方又不給詳細指示，只在小地圖上標了一個小小的三角形。

葉千秋跟蘇輕兩人琢磨了大半天，也才攻略了一個塔樓的屋簷。

別的不說，光是這個點就花了他們一個小時，葉千秋跟蘇輕被折騰得死去活來，每每跳到眼前的位置，又馬上從下一個落腳處掉下去。

如此反覆來回，直到兩個人都磨著牙齒打算要去遊戲總部殺人洩恨了，才終於站上塔樓的一側屋簷，各自拿下一顆愛心。

「這些設計遊戲的人都是瘋子！」蘇輕恨恨地說著。

「我不管，我一定要蒐集滿十顆愛心！」葉千秋態度堅決，打開論壇開始爬文，想找看看有沒有什麼容易一點的方法，卻看到哀鴻遍野，官方還強制不能使用飛行坐騎，這下葉千秋連死的心都有了。

但她是誰？她可是倔起來連牛都拉不回來的葉千秋。

她拖著蘇輕往下一個洞窟前進，這裡是她剛透過網路情報得知的地點，聽說簡單好跳，算是入門送分級。

只是他們跳上去之後才知道，這洞窟根本是座蝙蝠洞。葉千秋還好，她的系統獎勵技能是潛行，可以瞞過這些耳尖嘴大的蝙蝠。

蘇輕就沒這麼好運了，他這隻劍士的滿等技能是衝鋒，威力強大，打王、PK都好用，還算是不錯的稀罕技能。可是，跳蝙蝠洞是要衝鋒什麼啦！

他一邊跳一邊被蝙蝠騷擾，蝙蝠成群結隊往他身上撞，當蘇輕第九十九次從蝙蝠洞上面掉下去之後，他果斷地跳上床，第一次跟自己的席夢思床墊溫存起來。

不行了，他頭暈得想吐！

這可是3D遊戲，平常玩的時候還好，但今天不知道轉了幾千次的角度，就爲了在洞窟裡跳來跳去，轉得他膽汁咕嚕咕嚕往外冒，直衝喉嚨。

他說什麼都不肯再跳，葉千秋卻抱著筆電衝進他房間，一把掀起他的被子，「快起來！」

「不要，我要睡覺！一點了，我要睡覺我要睡覺！」蘇輕死巴著被子不放，跟葉千秋大眼瞪小眼，他討厭蝙蝠討厭情人節活動討厭這個遊戲啦！

「不行，我們才拿到第二顆愛心耶，聽說全伺服器第一個集滿的會多送一套時裝喔！」葉千秋跟蘇輕對峙，胡亂編著謊話利誘。

「才沒有這種事情，我不管啦！就算集一套送十套我都不玩了，那些蝙蝠煩死人了，一直把我撞下去，這樣要跳到何年何月才到得了上面？」

「你再試試看嘛，剛剛不是快到了嗎？」葉千秋用腳踹他。

「就是快到了還掉下來，我才不想玩啊！」蘇輕乾脆把棉被送給葉千秋，自己的腦袋則埋在枕頭底下。

該死，他好想吐……嘔……

「再一次啦，就最後一次，好嗎？」葉千秋放軟了態度，試圖擠出溫柔可人的聲音，聽起來反而有點恐怖。

蘇輕這下眞的吐出來了，他衝進廁所吐了一馬桶的酸水，可憐兮兮地抱著馬桶想，爲什麼堂堂天狐要幹這種事情？

他要什麼沒有，爲什麼要被一個遊戲折騰到抱著馬桶吐？

他擦了擦嘴巴走出來，看著大有在他房間落地生根架勢的葉千秋，嘆了口氣，「最後一次了喔。」

葉千秋歡呼，立刻把自己的椅子從房間裡面搬過來，兩人共用一張白色桌子，如臨大敵般跳這最後一次。

只是有最後一次，就有最後兩次、最後三次，無限延伸下去。等蘇輕跟葉千秋終於一起站在那個懸崖上面拿愛心的時候，兩個人臉色都有些發白。

好想吐……

但是拿了兩顆愛心，已經完成了五分之一，說什麼都沒理由放棄，兩人對看一眼，蘇輕灌了幾大口礦泉水，「再來！下一個點在哪？」

葉千秋自然地接過那瓶水，同樣灌了幾口下去，「海底沈船！」

兩個被系統折騰得死去活來的傢伙，繼續往海底沈船前進。在驚滔駭浪中，還有遊戲精美的3D特效裡，他們各抱著一個小塑膠桶吐了個稀里嘩啦，徹底暈船了。

征服了「海底沈船」、「黑山懸崖」、「草莓園地窖」、「蒼天古樹」等令他們深惡痛絕的地點之後，兩人終於站在一座雪山的山頂——據說底下埋藏著冰山女神的屍首——一起拿下了最後一顆愛心。

「我想殺了設計活動的傢伙。」蘇輕將手指扳得喀啦喀啦作響。

「我也想，這傢伙根本有毛病，也不知道怎麼想出這些地點的。」葉千秋點點頭，往後一靠。天已經亮了。

「妳說這可以換什麼？」蘇輕點了點包包內的十顆愛心，一個精緻的衣櫃頓時跳出，裡面有十幾套時裝，將各國的結婚禮服都涵蓋進去了。

「就這個嘍。」葉千秋指了指螢幕，「沒想到模組做得這麼用心。我看這任務難度這麼高，時裝又這麼精美，應該可以賣個不錯的價錢。」

葉千秋剛剛到網路上的交易站看過了，現在還沒有人販售，她也估算不準大概的市價，不過以這任務的血尿程度來看，大概能賣個三五千塊吧。

要不是時裝沒有屬性，這價錢還能再往上翻倍呢！

「是很漂亮。」蘇輕點來點去，擺弄著自己的人物穿上各國結婚服飾，有一套蘇格蘭的服裝特別合他的意。

白襯衫、黑西裝外套、格子裙、高筒襪。

以大多數人的眼光來看有點不男不女，卻很符合他騷包的個性。他越看越喜歡，笑得眼睛瞇瞇，不斷地穿上又脫下，還讓人物在衣櫃裡面三百六十度地轉了幾圈。

葉千秋看了看，直接伸出手按了蘇輕螢幕上的兌換。

十顆愛心不見了，蘇輕的包包裡多了一套蘇格蘭男裝。

「這……不好賣吧？」

蘇輕皺了皺眉頭，他對自己的審美觀還是有點自知之明的。他要是葉千秋，就哪種流行換哪種。

「不會。」葉千秋這邊的蘇格蘭女裝倒是滿普通，就是一套純白婚紗，附帶一束捧花，穿在冷凝香身上，跟艾力克斯站在一起，看起來還眞像那麼一回事。

「哦。」蘇輕看了幾眼，換下身上的時裝，點了交易，打算給葉千秋。

葉千秋卻拒絕了交易。

「不會很難賣，因爲沒有要賣。」她站起來，伸了一個懶腰，骨頭發出喀啦喀啦的聲音，「謝啦！」

接著她便抱著筆電走回房間去了，留下愣在原地的蘇輕。

不是說要賣掉換錢嗎……

這女人折騰他一個晚上，現在又反悔了？

蘇輕氣得臉孔扭曲，但是回過頭來看到螢幕上穿著格子裙的人物後，忽然有點想把人物名稱改成蘇輕。

這衣服還眞好看呢。

蘇輕很喜歡那套蘇格蘭男裝，穿了就不肯脫下來，招搖至極。

只是他在遊戲裡面也沒認識什麼人，原本公會的人知道他是買帳號的之後，二話不說把他給踢了。而他就算招搖過市，讓很多玩家暗地裡氣得牙疼（畢竟那個任務實在太難解了），也沒什麼滿足虛榮心的感覺。

最後蘇輕乾脆跑去競技場，穿著這套衣服找人PK。他的原意是想讓多一些人看到他的衣服，最後卻玩出了一點樂趣。

先前曾說過，他打怪打王都行，打人卻不在行，才會即使被虐了千百遍，也仍然待葉千秋如初戀。

畢竟他對這遊戲不是那麼熟悉，技能跟裝備都是隨便配的，更別說現在這隻劍士根本是買來的，他完全不知道自己的角色是走哪個路線，只是哪個技能順眼就按哪個。

但是這樣打了一場又一場，蘇輕也慢慢玩出一些心得了。他的勝率越來越高，從原本的慘不忍睹到後來竟然有人指名要跟他切磋。

對方在世界頻道上公然向他下戰帖。

蘇輕很少看世界頻道，還是葉千秋跟他說了才知道這件事。他抓抓頭，「要怎麼回應那個人？」

葉千秋翻了個白眼，寄給他一堆廣播器。這些都是平時打到的，賣不了什麼錢，一個才一塊左右，葉千秋懶得賣，都屯在倉庫了，反正一百個也才占一格欄位。

只是她很快便後悔了，因爲從那天之後，蘇輕閒著沒事就在世界頻道跟人家打嘴砲，流利的難聽話成串成串往外冒，甚至由於被系統禁言了幾次，也開始學會罵人不帶髒字這門技術了。

葉千秋有時候打寶打得無聊了，坐在地上吃補血的料理，看著世界頻道上刷刷刷的口水仗，都覺得自己是不是把這隻天上地下唯一的天狐給教壞了。

不過想想，這又關她什麼事情了？她也沒拿刀拿槍逼著他來玩。

於是葉千秋心安理得地繼續當她的職業打工戶。

現在蘇輕找到事情做了，也不再成天跟在葉千秋後面當小尾巴，偶爾葉千秋要打特別麻煩的世界王還得去隔壁敲門，叫蘇輕從競技場裡面退出來，陪她去推王。

時間慢慢地流逝，兩人有時合作推王，偶爾合作斬鬼，現實生活中，鬼怪來的頻率竟是降低了。葉千秋想不通爲什麼，心裡有些警戒，但也沒有辦法查明原因，只能靜觀其變。

徹底遵守敵不動，我不動的原則。

偶爾來了一些小雜魚，也只是被葉千秋的鬼氣吸引來的，他們妄圖葉千秋身上的濃厚鬼氣，卻成了葉千秋身上鬼氣的一部分。

像餓死鬼、小鬼眾這一類的大傢伙已經很少出現。

葉千秋心想，那人難道放棄了？

她搖搖頭，覺得不可能。那人是不會放棄的，就算她不知道疫鬼到底對那人有何用處，可是都經過了十幾年，她從沒想過可能會有這麼好運的事。

想不通她就不想了，繼續打寶換錢，踏踏實實地生活。她有時候會覺得，如果日子持續這樣下去，她是不是便可以找一份穩定的工作，好好像個一般人一樣上班、存錢、買房子？

結婚生子什麼的是不用想了，不過她總可以買間房子過完這亂七八糟的一生吧？她想要有一間書房，裡面放滿小說，還要有一張餐桌，吃飯的時候就坐在那裡，而不是像現在一樣，一張電腦桌多功能使用。

再養一隻貓好了。

葉千秋閉上眼睛，在沉入夢鄉之前想著，想得嘴角都上揚了。

她做了一個夢。

在夢境裡頭，她走向紅鬱姨的家，推開了大門，覺得自己似乎在找什麼。紅鬱姨不在，她繞了房子一圈，什麼都找不到。

她想往外走，卻依稀聽見有個聲音在呼喚她。

葉千秋擰著眉毛，開始找聲音的來源，她走了很多遍才發現廚房側邊的櫃子有異，推開之後，底下有一道可以向上拉開的木門。

葉千秋拉開門，門後黑得什麼都看不到。她試探性地探手摸了幾下，才發現有道階梯可以往下。

她有點猶豫不決，她從來不知道紅鬱姨家裡有這樣的密室。

但是那個聲音不斷地在呼喚她，葉千秋咬了咬牙，抓了個打火機就爬了下去。她慢慢爬著，手上打火機的火焰在空氣中飄搖，看起來十分脆弱，不過總歸是提供了一點照明。

這條地道很長，葉千秋自己都數不清走了幾階，她剛開始還會一格一格數，後來就乾脆放棄了，只是不斷地往下爬。她的四肢慢慢地麻木，在視野極狹窄的狀況下，葉千秋幾乎是手腳並用，累得停下來好幾次。

她甚至以爲這就是一場噩夢，這道階梯永遠不會有盡頭，只要她醒來，就能夠脫離這裡。但葉千秋也不明白自己爲什麼沒有放棄，仍然不斷地往下走著。

她不知道自己到底走了多久，夢境中的時間如果與現實中一樣的話，她恐怕已經走了整整一天，打火機的火焰早已熄滅，燃油耗盡了。

這時，葉千秋發現她終於走到盡頭。

她小心翼翼地挪動腳步，這裡似乎是一間小小的密室。葉千秋在黑暗中四處摸索，除了摸到一個很大的甕以外，什麼都沒有。

她站在甕的前方，彎下腰用手觸碰著甕身確認，這是一個有蓋子的大甕。

她輕輕掀起蓋子，往裡頭一看，出乎意料的是，一個有著藍色皮膚的小女孩站了起來。小女孩約莫三、四歲，臉頰還有點嬰兒肥，看起來稚嫩可愛，只是渾身藍得發光，讓人心底有些發怵。

葉千秋把她從甕裡面抱起來，「是妳在找我嗎？妳叫什麼名字？」

小女娃點點頭，「我叫小鳳。」

她說話奶聲奶氣，小手緊緊攀在葉千秋的脖子上，格外惹人憐愛。她可憐兮兮地繼續說：「紅鬱姨不見了！」

「不見了？」葉千秋愣了一下，趕緊再問：「怎麼會不見？」

小鳳搖搖頭，「不知道。她忽然不見了。」

「說不定紅鬱姨只是出去幾天，妳別擔心。」葉千秋哄著懷裡的小鳳，紅鬱姨偶爾會出遠門，雖然一般都會先跟她說一聲。

她安慰著小鳳，小鳳卻拚命搖頭。

「不是，她眞的不見了，她不在這個世界上了！」

小鳳的話宛如平地一聲雷，狠狠炸了葉千秋一記。葉千秋急切地還想再問，卻忽然從夢中醒了過來。

她翻身坐起，馬上抓起床頭上的手機一看。

只過去了一個小時。

這到底是不是一場夢？

她甩甩頭，腦袋一片混沌，還出了一身汗，彷彿眞的在紅鬱姨家裡的地道走了一整天。她想了想，心中亂糟糟的，乾脆站起來，披了件外套穿上鞋就出門。

她經過蘇輕房間的時候頓了一下，還沒想好該說什麼，蘇輕就打開門。他丟下了在遊戲裡打到一半的PK戰。

蘇輕看著她，雙手抱胸，「怎麼了？」

「不知道。」葉千秋搖搖頭，一時半刻還真說不清楚。

「要出去？」

「嗯。」

蘇輕也穿上鞋，從房間出來。

葉千秋深深看他一眼，終究什麼都沒說，兩人飛快跑向紅鬱的家。

推開紅鬱家大門的那一刻，葉千秋就知道剛剛不只是一場夢了。更正確地說，她今天確實來過這裡了，就在剛剛的夢中。

一樣的月色，一樣的黑暗，一樣的安靜。

還有那若有似無的呼喚聲。

葉千秋直奔廚房，推開了厚重的櫃子，拉開底下的木門。

只是這次她不需要抓起火光微弱的打火機了，蘇輕彈了彈指，燦亮的狐火頓時燃起，他用指尖頂著那團光球，率先走下地道。

有了光線，葉千秋不必再手腳並用地爬上老半天。

他們三步併作兩步衝下去，這時葉千秋才發現，這裡是一個很深很深的地窖，地窖的年代久遠，兩旁布滿了青苔痕。他們一路向下，數不清穿越了幾層，才到了葉千秋夢中的那個密室。

葉千秋緊緊抿著唇，什麼都沒說。她看著放在牆角的大甕，有些猶豫。

打開嗎？

開了如果看到小鳳，那紅鬱姨就是真的失蹤了？

不打開嗎？

別說笑了，那她何必來。

葉千秋往前一步，輕輕掀開大甕上頭的木蓋子。

她往裡面一探，忽然鬆了一口氣，裡頭沒人，所以剛剛只是一場夢。她回頭笑笑，「姨這次可能要罵我了，半夜跑來她家胡亂翻。」

但蘇輕直勾勾地看著葉千秋後面，眼神凝重。他一把攬過葉千秋，保護似的將她塞到自己身後，也是在這個時候，葉千秋才看到——

甕中飛起了數不清的蝶。

黑色蝴蝶搧著染了藍光的翅膀，從甕中竄出，漫天地飛，灑下青色的粉末，讓滿地都是螢光。

葉千秋身子晃了晃，忽然想起紅鬱姨養在眼窩處的蝶叫什麼了。

——烏鴉鳳蝶。

第九章

「你根本就不行！」

「妳又沒試過。」

「啊？」

一室的烏鴉鳳蝶都死了。

牠們好像瞬間失去了生命力，在飛翔中墜落，一片一片輕飄飄地掉在地上。

葉千秋惶恐地捧起一隻烏鴉鳳蝶，牠只是搧了搧了翅膀，就再也不動了。

她轉頭看著蘇輕，蘇輕手插在口袋裡，對她搖搖頭。這裡的蝴蝶全死了。

葉千秋抽出腰間的刀，身上鬼氣大盛，她的垂地長髮無風自動，全都往上飄過肩膀，瞳孔更是發出亮光。

她催動全身的鬼氣，想找到紅鬱的蹤影。

但她還沒成功就被氣急敗壞的蘇輕打斷了。蘇輕重重一拍她的肩，咬牙切齒。

「妳不要命了嗎？」

她越是熟練地使用這些鬼氣，就越是在消滅自己身為人的那一部分，向成為疫鬼靠近。在蘇輕看來，葉千秋是在自取滅亡。

葉千秋瞪著他，「你別管。」

她揮刀，拉開自己與蘇輕的距離。

不管蘇輕說什麼，她都要找到紅鬱。父母死後，紅鬱是她在這世界上感受到的唯一溫情，不管她身邊來來去去多少人，只有紅鬱永遠都在那裡。

紅鬱從來不說她為什麼要搭理葉千秋，卻讓葉千秋喚她姨，說她是葉千秋永遠的姨娘。

蘇輕嘆口氣，握住葉千秋的刀刃，她嚇了一跳，想拿開銀長刀，蘇輕卻握得更緊，「沒事，妳跟我不是同一個層次的。」

葉千秋無語，的確，空手奪白刃都不見血的。

被蘇輕鬧了這一下，葉千秋稍微冷靜一點了。

她抽回長刀，「你有辦法？」

內心的潛台詞是：你最好給我想出辦法把紅鬱姨找回來，把她完完整整還給我！

蘇輕翻了個白眼，人又不是他偷的。

「好啦，交給我，不過先上去吧，這裡被妳那個紅鬱姨下了禁制，別說我，妳在此處也施展不開。」蘇輕率先轉身離開，嘴裡還在念叨，「冒冒失失的，什麼都沒看清楚就趕著催動鬼氣，想死也不是這樣的……」

葉千秋臉一紅，低著頭乖乖跟在蘇輕身後。

蘇輕帶著葉千秋進入了一棟大樓，一路暢行無阻，像是所有的警衛跟監視器都看不到他們一樣，兩人搭乘著玻璃電梯直升到了頂樓。

走到頂樓上，看著底下美麗的燦爛夜景，蘇輕深深吸一口氣，他的身旁頓時颳起一陣旋風，風很大，引得空中的氣流全都繞著這個小氣團轉。

葉千秋瞠目結舌，「這動靜會不會鬧得太大了？」

蘇輕擺擺手，「不礙事，凡人看不見的。」

「哦……」葉千秋點頭，看著那團現在應該稱之爲龍捲風的氣團朝四面八方席捲出去，整個天地間的風向都變了。

蘇輕閉上眼睛，還好他見過葉千秋口中的紅鬱姨，知道她長什麼模樣。他的心神跟狂風融合在一起，掃過整個城市，接著一吋一吋向外擴散；他沉入風中，聆聽著風的聲音。

他神情沉靜，輕輕閉著雙眼，睫毛微微顫動。

蘇輕膚色很白，畢竟他長年不見天日，來到人間又被葉千秋帶壞，成天宅在家裡，前陣子滿世界跑時好不容易晒黑的部分，都早就全部白回來了。

葉千秋發現他好像長高了一點，之前才比她高一顆頭，現在似乎又多了半顆。他手腳纖細，卻並不瘦弱，身上隱隱有股力量。

葉千秋看著他，幾乎看呆了，她現在才知道，原來自己喜歡這種類型的男人。不過她只呆了一會兒就轉爲咬牙切齒地瞪著蘇輕。臭狐狸、死狐狸，都什麼時候了還亂用魅惑，她要他找人，可不是要他站在這裡耍帥啊！

可憐的蘇輕徹底被冤枉了，他本來就是天狐，任何術法都帶點魅惑，可是他現在也只是直挺挺地站在這裡而已，卻被葉千秋瞪得渾身不自在。

他一張開眼就看見葉千秋一副要把他生吞活剝的模樣。

「幹麼呢？」

「你自己知道！」葉千秋扭過頭去。

蘇輕樂了，他就站在這裡，什麼動作也沒有，也能被人說一句「你自己知道」？

「不想知道妳家紅鬱姨去哪了？」他存心逗逗葉千秋。

「你找到了？」葉千秋很緊張。

蘇輕扮了個鬼臉，「沒找到，好像眞如妳所說的，她不在這個世界上了。」

葉千秋手裡的刀差點砍上蘇輕的臉，她深深吸了一口氣，「那她還能去哪？」

蘇輕聳聳肩，「不知道，天上地下都有可能，也有可能像我們之前受困畫中一樣，被關在某個鬼神創造出來的空間內。」

這下子葉千秋的刀眞的砍下來了。

站在這裡裝神弄鬼大半夜，就只得到這個結果？我砍我砍我砍死你！

砍死你這個專門勾引人的小王八蛋！

蘇輕一邊閃一邊嚷嚷，「等等啦！我話還沒說完，妳別砍，唉唷！」

蘇輕半眞半假地跟葉千秋纏鬥在一起，兩個人在頂樓躍上跳下，像兩隻輕靈的蝴蝶般飛舞。蘇輕七成閃躲、三成回擊，葉千秋倒是下了不少力氣，彷彿今天一定要把蘇輕剁成肉醬一樣。

兩人打了半天，葉千秋撫著胸口直喘，蘇輕則笑嘻嘻地站在邊牆上，只要往下一步就會從千呎高樓墜落，他卻面不改色。堂堂天狐總不可能墜樓而死，太愚蠢了。

他擺擺手，「不打了，我快累死了。」

葉千秋瞪著蘇輕，這傢伙身上一滴汗都沒有，還叫累死了？

她又想提刀砍上去，蘇輕趕緊大叫，「別砍，砍死了就沒人幫妳找人了！」

葉千秋哼了一聲，隨便坐了下來，快累死的人是她。她只是再次驗證自己跟蘇輕的實力根本不在同一個層級，再次受到打擊罷了。

「你根本就不行！」

蘇輕眼睛瞇了起來，這是赤裸裸的侮辱！

「妳又沒試過。」

「啊？」

蘇輕抹了抹臉，「沒事。純眞無邪只愛拿刀砍人的葉小姐，麻煩給我乖乖坐著看！」

說完，他的咖啡色眼眸緩緩轉換成金色，眼尾慢慢拉長，露出一張似人似狐狸的臉來。

他將自身威壓全數釋放而出，強烈得讓葉千秋流出了鼻血，她擦了擦，嘖了一聲，還是沒打斷蘇輕。

她打算若是蘇輕再耍她一次，就要把他踢下去。

不過這次蘇輕沒耍人了。

一瞬間，無數人影從四面八方竄來，他們聚集在頂樓上，躬身等著蘇輕吩咐。

整個頂樓一下子站滿了人，葉千秋坐在地上，不自覺地屏住呼吸。這個城市裡面……

原來有這麼多妖人？

蘇輕仍然看著遠處，他等了一會兒，而後清了清嗓子。

「咳，麻煩大家了。」

他客氣地說著，底下響起一片整齊的應答聲。

「不敢。」

蘇輕刮刮臉頰，「沒有，是我唐突，調動了大家。咳，總之想請各位幫我找一個人，這人應該已經不在世上，但我想知道她最後去了哪裡。不管是天上地下，我都要知道。」

蘇輕掃了一遍在場的所有妖人。

這些人都是這座城市裡各支妖族的族長，他們與人類混居已久，皆有一套管理自己族人的方法，底下的小妖數也數不盡，或許能幫上忙。

妖人們點點頭，腦海裡都浮現了蘇輕傳遞過來的訊息，紅鬱的面容。

大家領命而去，沒人跟蘇輕多聊，畢竟誰會想跟半夜把自己叫來做事的傢伙寒暄？妖怪們可不興職場交際那一套，更何況蘇輕這BOSS還是天上掉下來的，也不能拒絕。

嗯，沒爹沒娘的，的確是天上掉下來的。

蘇輕從牆上跳下來，拍拍手，「滿意了嗎？這次驚動了這麼多人，說不定鳥人要生氣啦，他們如果剝我的皮抽我的骨，妳可要替我掉兩滴眼淚啊！」

他可憐兮兮地說著，試圖討點同情，葉千秋卻沒說話，只是直勾勾地看著他。

「幹麼？」蘇輕摸摸自己的臉，「我臉上開花啦？」

「……再變一次！」

蘇輕愣了一下，很快明白了葉千秋的意思。他扭過頭，「不要！」

「拜託……」

葉千秋難得低聲下氣，目光還不斷往蘇輕身後掃。

看得蘇輕有種彷彿被侵犯的怪異感。

兩人僵持了一會兒，最後他實在受不了葉千秋這種眼神，沒好氣地應允，「好啦好啦！」

他的臉孔逐漸化爲狐狸，整個人也化成獸形，一隻巨大的雪白狐狸轉瞬間在葉千秋面前站定，身後九條尾巴交錯拍打。

葉千秋雖然面無表情，卻馬上趨前一步，緊緊抱住狐狸的下巴，「手感好好。」

「妳喜歡狐狸？」蘇輕滿臉黑線。

「還好，比較喜歡貓，不過狐狸也可以，將就一下。」

蘇輕額上的青筋跳啊跳的，這女人還好意思說將就？只是看葉千秋揪著他的毛揪得死緊，他翻了個白眼就沒說話了。

就讓她抱一會兒吧，她現在一定很慌。說起來也是他辦事不力，才會到現在都還沒找到人。奇怪了，怎麼紅鬱真的消失在人間了？

沒道理啊，天上地下也不是隨便闖闖就能過去的，難道真的是被困在什麼空間了嗎？要是這樣就難辦了，如果找不到媒介物，恐怕永遠都無法得知她被困在哪裡……

話說，上次還是紅鬱救了他跟葉千秋一命呢。

這樣算起來，對方也是他的救命恩人。

好吧，就再讓葉千秋抱一會兒好了……

又過了好一段時間，某狐忍耐著發問：「妳夠了沒有？」

「還不夠。」

好吧，再忍耐一會兒。

「妳夠了嗎？」

「不夠。」

「……葉千秋妳給我放手！」

「不要！」

那晚，蘇輕在頂樓上，以他最討厭的獸形站了大半夜。

等了三天，在葉千秋瀕臨暴走的時候，終於有了消息。

一個據說屬於丹鳥族的幼女來了。她看起來約莫七、八歲，正是天真可愛的年紀，卻一臉抑鬱，披著齊眉的劉海，雙眼睜得大大的，穿著一件蓬蓬裙洋裝，就這樣敲響了蘇輕房間的大門，一個人來回報。

她說，他們一族中有人看見蘇輕想找的那個女人。

「在哪裡？」葉千秋很著急，她向前一步，下意識地想抓住那個丹鳥族的幼女。

對方卻後退一步，滿臉戒備。「不知道。只知道是被一隻怪物帶走了。」

葉千秋還想再問，蘇輕皺起眉頭，橫插一句，「哪一種怪物？妳說清楚！」不太對勁。

丹鳥族是很古老的妖怪，他們心思歹毒，喜愛殺戮，因爲存在的歷史悠久，見識廣博，所以見到任何妖族應該都能辨認出來，如今卻輕描淡寫地以怪物稱之，其中很可能有詐。

但是丹鳥族的幼女別過頭，什麼話都不肯說了。

蘇輕被葉千秋瞪了一眼，於是訕訕地摸著鼻子退到旁邊。葉千秋以爲蘇輕把人家嚇著了，便蹲下身，耐心地看著對方，「妳叫什麼名字？」

丹鳥族幼女咬著下唇，看著葉千秋好一會兒才開口，聲若蚊蚋，「丹茵。」

葉千秋點點頭，伸出手摸著丹茵的小腦袋。事實上她也有點手足無措，她不喜與人交際，又怎麼哄誘丹茵跟她親近？

幸好她也不太需要做什麼，她只想知道紅鬱到底去了哪裡。「妳知道那個怪物在哪裡嗎？」

令人意外的，丹茵點了點頭。「知道。」

葉千秋大喜過望，「能帶我們去嗎？」

丹茵這次猶豫了很久，她的目光在葉千秋跟蘇輕之間來回，好半晌才輕輕點了下頭。

葉千秋立刻牽起丹茵的手。「那我們現在就走！」

她牽著丹茵，很快地走出公寓，蘇輕本來伸長了手臂想要阻止，最後卻還是倖倖然地放下，摸摸鼻子跟上去，「哎！妳急什麼……」

蘇輕嘴上這樣說，也沒敢眞的去阻攔葉千秋，若是葉千秋急了，說不定會跟他拚命的。所以他嘴上念歸念，還是慢騰騰地跟在葉千秋她們身後幾步遠，看著葉千秋牽著丹茵走進一棟大樓。

一進大樓，蘇輕的眼睛就瞇起來了。

這裡很不對勁。所有天地靈氣都凝滯了，像是一攤死水，蘇輕感覺自己行動起來綁手綁腳的，彷彿身上背了千斤重的石擔。

他扭了扭脖子，面不改色地跟上前，他看到那名丹鳥族幼女不斷回頭偷覷著他。

走著走著，他們搭上電梯。電梯一路向上，直到最高的一層。

葉千秋踏出電梯，沉默下來，她也察覺到不對勁了。她鬆開丹茵的手，但丹茵又緊緊握住她的手不放，有些恐懼地指著遠處的大門，什麼也沒說。

葉千秋蹲下來，雙手搭在丹茵的肩膀上。

「丹茵，那隻帶走紅鬱的怪物眞的在這裡？」

丹茵點點頭，小手緊緊抓著葉千秋的袖口，「別去，會死。」

葉千秋摸摸她的頭，「沒事，我有蘇輕呢！」

她說得很自然，純粹是就武力值來考量。這世間有誰能打贏那個變態？

蘇輕就是因爲武力值過高才被抓去關，而裡頭那隻不知道是什麼東西的怪物卻活得好好的。

根據這個邏輯來判斷，葉千秋下了個結論，蘇輕勝！

蘇輕不知道葉千秋這奇怪的邏輯，他只是咂咂嘴巴，低下了頭，心裡有種說不出的古怪。這種感覺怎麼好像老婆跟外人打包票，說自己的老公很好用一樣？

蘇輕甩甩頭。嘖，女人就是愛亂說話，難怪舌頭天生比男人長！

蘇輕越過快哭出來的丹茵，也不去管她。明知山有虎，偏向虎山行，這句話就是他們現在的最佳寫照。

不過不入虎穴，焉得虎子，想找紅鬱？推開門看看就是了。

蘇輕大手一推，直直跨出第一步，然後——竟然直接摔了下去！他的驚叫聲迴盪在空氣中，說有多淒厲就有多淒厲。

葉千秋打了個寒顫，探頭往底下一望，漆黑一片，什麼也看不到。「喂，蘇輕，你死了嗎？」

蘇輕摔了個七葷八素，上頭還有人沒心沒肺地問他死了沒，氣得他一嗓子吼回去，「妳自己摔摔看就知道死了沒！」

葉千秋回頭看一眼丹茵，笑著安撫，「妳看，這樣摔都沒事，不用擔心了。」她揮了揮手，也往下一跳，渾身散出鬼氣來托住自己的身子。有了蘇輕這個前車之鑑，葉千秋的落地姿勢絕對滿分，優雅無比。

輕飄飄降落在蘇輕身旁的她，嫌棄地俯視蘇輕，「你好了沒？摔一下而已就哼哼唧唧。」

蘇輕一口氣差點沒上來，他摔一下而已？他哼哼唧唧？要不是有他當白老鼠，葉千秋還不是得揉著屁股喊疼？

哼！

蘇輕起身，越過葉千秋，氣呼呼地走在前頭。

他們兩個走了一小段時間，越走越緩慢。蘇輕吞了一口口水，轉頭看著葉千秋，「妳覺不覺得有點熱？」

葉千秋體內鬼氣旺盛，平常體溫比一般人低很多，但她現在臉色竟是一片潮紅。她舔了一下乾燥的嘴唇，「有一點。這裡溫度好高。」

蘇輕伸出手，摸了摸走道兩旁的牆，「越靠近壁面越熱。」

他示意葉千秋也把手放上去，葉千秋有些不情願地照做，只摸了一下她就瞪大眼睛，「這牆會動！」

她幾乎是驚恐地喊出來，感受到自己手心下的牆面正一突一突地跳。

蘇輕搖搖頭，「不。更正確地說，這整個空間是活的。」

他們面面相覷了一會兒，葉千秋是個想到什麼便做什麼的人，立刻抽出腰間長刀，蘇輕還來不及阻止，她就一刀砍上了牆面。

牆面深深凹陷下去，可是葉千秋的刀只劃入了幾吋。她拔出長刀，又狠狠插入地面。

蘇輕倒抽一口氣，就算要亂來也該先打聲招呼吧！

「妳到底知不知道自己在做什麼！」

蘇輕張嘴罵人，整個空間卻忽然天搖地動了起來，兩人被晃得站立不穩，葉千秋又把長刀當拐杖用，往地面插了幾下，整個空間晃動得越發劇烈。

不久，空間停止搖晃，葉千秋跟蘇輕不禁彼此靠近了一點，他們兩個都有種大大不妙的感覺，因為身旁的牆壁跟腳下的地面變成了腥紅色的肉壁，上頭還有一段一段的皺褶。

蘇輕當機立斷，立刻抓住葉千秋的手往回跑，但是原先那個入口已經消失了，四面八方都是展開的通道，像迷宮一樣。

蘇輕啐了一口，「誰叫妳戳，誰叫妳隨便戳？搞不清楚狀況就砍，妳看！惹人家生氣了吧？」

葉千秋有些害怕，畢竟大抵上來說她還是女孩子，眼前這場景實在太噁心了，牆面跟地面都在不斷地蠕動，「……你說，我們現在像不像要被消化了？」

蘇輕頓了一下，眼角餘光一瞄，又抓起葉千秋的手，隨便選了一條通道繼續跑，「妳這烏鴉嘴！」

他拚命往前跑，連氣都不喘一下，葉千秋不明就裡，回頭看了一眼，結果見到宛如浪潮一般的黏液從後邊來勢洶洶地湧上，葉千秋一慌，反而換她拽著蘇輕往前跑了。

「這、這是什麼？」

「我哪知道啊，胃液唄！」蘇輕瞪了葉千秋一眼，意思很明顯：還不都是妳，說什麼來什麼！

葉千秋一窒，「我們到底在哪裡？」

「妳問我我問誰啊！」蘇輕跑得飛快，可兩人四腳速度再快，依舊跑不過這黏糊糊的大浪，於是連葉千秋手上的小蛇都不安分了，牠往前一躍，在地上扭啊扭地自力救濟。

「喂！你這傢伙！」葉千秋一邊跑一邊喊，虧她有什麼好吃的都不忘餵牠一份，怎麼現在她有難，這傢伙跑得比誰都還快？

小蛇回頭掃她一眼，吐出嘶嘶蛇信，目光像是在看笨蛋一樣，意思也很明顯：妳當我傻了？我現在不跑，就要跟你們一起被消化成渣了！

葉千秋看懂了，加快腳步要去捏那條小蛇，兩人一蛇，追趕跑跳碰，在地道裡面繞來繞去，還是找不到出口，最後蘇輕受不了了，大喊一聲：「全都給我停下來！」

葉千秋跟小蛇掃了他一眼，一人一蛇還想再跑，蘇輕左右開弓各抓起一個，「別跑了！再跑也沒用，繼續跑下去，還沒被吃掉就先累死自己了！」

葉千秋雙手抱胸，眼看實在找不到出口，她乾脆停下來，「那敢問閣下有何高見？」

蘇輕咧開嘴一笑，「跑不過，難道我們還打不過嗎？」

葉千秋點點頭，「說的是！」

兩人很有默契地同時看向那條小蛇，直接把牠扔向那片黏糊糊、研判應該是胃酸的液體。小蛇嘶地慘叫一聲，撲通一聲掉了進去。

牠一遇到危險就不敢繼續裝了，馬上迅速恢復真身，巨大的蛟龍左掃右擺，然後——恰恰好卡進了通道裡。這下跑也跑不掉了！

葉千秋跟蘇輕頓時掩面，看過不怕死的，但還真沒看過趕著送死的……

兩人同聲大罵，「你這傢伙真是蠢得沒救了！」

蛟龍委屈地扭扭兩下，牠被卡得動彈不得。黏液逐漸上湧，葉千秋跟蘇輕的下半身都快完全浸在液體裡，微微的灼熱感傳來。

這個時候，他們才看到黏液裡漂著各色骸骨，蘇輕隨手一撈，竟是一具鳥屍。上頭已經無肉，只剩下骨架，頭部的位置還能辨認，兩邊翅膀也都還在，只是不知道死了多久。

蘇輕掂掂手裡的鳥骨，「是丹鳥。恐怕是丹茵的什麼人。」

葉千秋一把奪過他手上的鳥骨，「你現在還有心情驗屍？」

蘇輕瞪她一眼，「是誰趕著跟那古里古怪的小女娃來這的？」

兩人瞪著彼此，哼了一聲又別開臉，遠處傳來一個稚嫩的聲音：「我說你們可不可以別吵了，我們都快被吃了……」

葉千秋跟蘇輕同時看向卡在通道裡的蛟龍，要不是牠還卡著，他們兩個恐怕都要被淹沒了。

只是——「原來你會說話！」

他們兩個摸著下巴，盯著蛟龍上下左右地瞧。

蛟龍哭喪著臉，「我本來就會說話，人類的語言又不難……不對！這不重要，重點是，我說你們到底要不要離開這裡啊！」

蛟龍直冒汗，被這兩個傢伙一鬧，差點離題了。

蘇輕擺擺手，「行了，我自有辦法。」

他先戒備地看了一眼葉千秋，退後一步。沒辦法，他有陰影。

接著他現出眞身，一甩頭變成了毛茸茸的狐狸臉，身形漸長，四肢著地，身後九尾高高揚起。他用力一扒，手上的利爪陷入肉壁裡頭，整個空間又劇烈地震盪起來。

蘇輕露出一個狡詐的笑容，竟然硬生生用前爪刨出了一個洞來。他頭先伸進去，身體接著過，這個被他撕裂開來的小洞轉眼就也能讓葉千秋跟蛟龍穿過了。

蛟龍這時也不傻了，牠趕緊扭身變回小蛇，一溜煙地回到葉千秋的手腕上纏好。

他們三個終於逃離被消化的厄運，只是事情不是就這麼結束了，當他們好不容易站定的時候，發現竟被轉移到了不知名的空間。

眼前有一隻巨大的饕餮瞪著他們，間或朝天怒吼。

「我說，牠是不是心情不太好啊？」葉千秋後退一步，用手肘撞撞蘇輕。

蘇輕已經變回人形了，事實上他很討厭獸形，因爲總是會讓他想起那被囚禁的千年歲月。他沒好氣地回話，「要是妳的肚子被人家抓了一個洞，恐怕心情也不會太好！」

饕餮腹部的位置有個不小的傷口，正往地上滴滴答答地淌著血。

葉千秋白他一眼，「說得好像是我抓的一樣。」

她說完就揮著手上的長刀向前衝去，手起刀落，意圖斬下饕餮的腦袋。沒想到受了重傷的饕餮動作仍然靈活，不僅敏捷地閃開，甚至還能反擊，大爪一抓，葉千秋的肩頭瞬間鮮血淋漓。

蘇輕揉了揉眉心，這傢伙什麼時候才能學會行動之前先打聲招呼？

算了！指望她不如指望自己。

蘇輕在葉千秋被掃回來的時候接替上去，他身形鬼魅，背後九尾揚起，威壓全開，壓得饕餮略微低頭。只是饕餮也算是天地靈獸，雖然比不上天狐這種天生地養的稀罕存在，也至少有些反抗能力。

牠吼聲震天，大嘴一張，又想把蘇輕吞進肚子裡。

蘇輕鬼叫，「還來？你不怕肚子又破個洞？」

他這聲鬼叫純粹是無意義的，想不到饕餮一聽，動作居然一滯，硬生生受了蘇輕一掌橫飛出去，卡在石塊堆裡頭，久久不能動彈。

這時蘇輕才有時間仔細看一看四周，這裡似乎是饕餮的老窩。

饕餮不是能夠在人間任意行走的妖獸，這裡是牠另外闢出來的空間，獨立於凡間之外，恐怕紅鬱消失之後，便是被饕餮帶到這裡來了。

「喂！把那女人交出來，我饒你不死！」

蘇輕往前幾步，一腳踩上了饕餮的身體。

底下的饕餮毫無反應，呆呆地看著蘇輕，目光無神，不久後輕輕閉上眼睛。蘇輕愣了一下，往前一探，饕餮竟然已經沒有氣息了。

自絕心脈？

這饕餮還眞……

蘇輕想不到形容詞，無奈地抓了抓頭，回頭喊道：「喂！牠死了。」

葉千秋一手按住肩膀上的傷，神情古怪，「你就這樣把人家打死了？」

蘇輕撇撇嘴，「不是，牠自己了斷的。」

看著葉千秋明顯不信的樣子，蘇輕不想再說什麼了，免得被氣死，這樣太不值得。他左右看了看，這裡是個巨大的洞窟，裡頭很深，還傳來陣陣腥臊味，看來就是饕餮的老巢沒錯。

蘇輕率先往裡面走去，示意葉千秋跟上。

藉著狐火的照明，兩人一路探進洞穴深處。越往裡頭走，來自饕餮身上的腥味就越重，蘇輕跟葉千秋都掩著鼻子，而小蛇則乾脆鑽進葉千秋的衣服裡，緊緊貼著她的胸口，說什麼都不肯出來。

葉千秋捏了牠幾下，也拿牠沒辦法，只能瞪著前頭的蘇輕，粗聲粗氣地說：

「你送我這傢伙的時候，怎沒想過我怕不怕蛇？」

蘇輕聳聳肩，「妳怕蛇？那還我，我殺來煮蛇湯。」

小蛇在葉千秋的衣服裡抖了好大一下，一臉悲憤。這狐狸好壞的心啊……

葉千秋拍了一下小蛇，權當安撫，「你殺蛇也要看主人。」

「妳剛才不是說妳怕蛇？」

「我只是說你都沒想過我怕不怕！」

「看這樣子是不怕啦。」

「你！」

葉千秋被氣得說不出話來，這傢伙擺明跟她作對！她跟在蘇輕後面磨牙，心裡想著一百種殺死蘇輕的方法，打算回去之後就要在遊戲裡面實行。

兩人一路拌嘴，走了大半天，終於走到了盡頭。

那裡什麼都沒有，除了滿滿的骨頭以外。

原來饕餮什麼都吃的傳言是不正確的，眼下看起來，至少骨頭牠不吃。

蘇輕跟葉千秋打了個寒顫，幸好這些骨頭被吃得很乾淨，不然這裡就要滿地蛆蟲了。

但也吃得太乾淨了……他們不由自主地想像起那隻饕餮抱著骨頭縫隙舔、從中空處吸食髓汁的畫面。

「走吧！紅鬱姨不在這。」

葉千秋掃了一眼，邁開步伐往洞門口走，她隱約意識到自己的雙腿微微顫抖著，卻只是想催促蘇輕趕快離開這裡。

蘇輕動也沒動，於是她回頭看著對方，「怎麼了？走啊！我說紅鬱姨不在這啊，她大活人一個，怎麼會在這堆骨頭裡……」

葉千秋說到這裡便停了下來，因爲她看見蘇輕用悲憫的眼神看著自己。

蘇輕讓開身子，露出後面一具完整的女性骸骨。

葉千秋看得分明，那骸骨的眼窩處有一道深深的刀痕。

第十章

葉千秋和蘇輕沒有選擇，所以他們就不選。

這一瞬間，葉千秋終於知道爲什麼紅鬱會被那人准許留在她身邊了。

紅鬱是一個引子，是那人要她成爲疫鬼的引子。她鬼氣深重還能維持人身，靠的就是最後一點清明，以及一點牽掛。

但是紅鬱死了，眞的死了，比離開她還慘，她的姨死了。

葉千秋怔怔地看著那具女性骸骨，骸骨就這樣暴露在山洞裡頭，骨頭的每一個縫隙都乾乾淨淨的，連一點肉末都沒有留下來。

紅鬱姨被那怪物吃食殆盡了。

眞的一點也沒剩下了。

葉千秋依舊面無表情，卻流下眼淚來，血紅色的淚水劃過臉龐，她清楚地聽見自己心裡有什麼破碎了。她與這個世界的聯繫完全斷開了。

她知道自己不能成爲疫鬼，否則就讓那人稱心如意了，但她若是如行屍走肉般活在人間，那又有什麼意義呢？

葉千秋舉起了刀，茫然地看著刀鋒。

成爲疫鬼吧？

或許，成爲疫鬼之後，就能知道那人到底要她做什麼。

或許，成爲疫鬼之後，這該死的命運就能終結。

或許，成爲疫鬼之後，她就有機會殺了那人！

瘋魔般的葉千秋看著刀鋒上的反光，她蒼白的臉龐被映照出來，身後長髮委地。她什麼都不剩了，只剩這一身濃濃的鬼氣，不成爲疫鬼豈不是太過可惜？

她抬起頭來，對著蘇輕露出一個慘澹的笑容。

「對不起，就算成爲疫鬼，我也不想把命交給你了。」她的笑容越擴越大，也越來越苦澀，「因爲我要殺了他。用我的手、我的刀親自殺了他！」

葉千秋仰天大笑，笑得那樣瘋狂、那樣無助，她終究無法抵抗命運。

可是下一秒，葉千秋忽然愣住了。蘇輕不知道什麼時候近了她的身，並且握著她的手，直直把刀往自己腹中插了進去。

刺眼的血紅色從衣服裡頭滲出，不斷地往外擴散。

蘇輕單薄的棉質上衣很快被鮮血染紅，緊貼在身上，他面不改色，握著葉千秋的手，又把刀子往裡頭送了一點。

「你！」葉千秋驚慌地想拔出長刀，蘇輕卻死死握住她的手，讓她動彈不得。

「葉千秋，妳現在做的決定都不是出自妳眞實的心意。」蘇輕開口。

葉千秋淒涼地搖頭，「不是我眞實的心意又怎麼樣？」她垂下眸光，「我們都沒有選擇。」

蘇輕伸出手輕輕捏著葉千秋的下巴，抬起她的臉龐，凝視著她的雙眼。「沒有選擇我們就不選擇。妳說過，妳不服命運。現在，妳妥協了嗎？」

「不妥協又能怎樣？」葉千秋尖聲笑了起來，「所有人都走了，我跟這個世界已經沒有關係了。你放開手，你想殺我便殺，要是我死了，那人的苦心也算是竹籃打水一場空了。你如果不殺我，就讓我去做我該做的事情！」

蘇輕搖頭，「不，一定還有別的辦法。」他放開手，又往前一步，無視那把銀長刀正在體內切割他的血肉，緊緊擁抱住葉千秋，被血濡溼的身子溫暖著體溫極低的她，「會有的，我們還會有別的方法。」

他晃了晃，向後仰倒，終究暈厥過去。

就算他是天地靈狐，肚子被捅了一個這麼大的洞，又流了滿地的血，仍是不可能支持住的。

葉千秋看著插在蘇輕身上的長刀，面無表情地瞪了他好一會兒。

這人怎麼能這樣霸道……

她毫不留情地把長刀拔起來，蘇輕的血頓時像湧泉一樣向外噴灑，葉千秋乾脆脫下他的上衣，直接綁在他腰間，緊緊打了個死結。

做完這些，她拽著蘇輕的手拖著他慢慢往外走。蘇輕生死不明，卻被粗魯地一路拖著走，東碰西撞，身上頓時多出一大堆瘀痕跟腫包，葉千秋只當什麼都不知道。

你敢替我做決定，就要有承擔後果的心理準備！

你這王八蛋，要死也別選現在，沒看我趕著去報仇嗎？

她咬著牙，打包了紅鬱的屍骨，硬是拖著沉重的蘇輕離開這個山洞。

出口很好找，引他們前來的丹鳥族幼女丹茵就等在山洞外不遠處，垂下了腦袋，靜靜跪著。她看到葉千秋拖著蘇輕過來，頓時露出驚愕的神情。

像是看到鬼一樣。

丹茵手腳並用地往後爬，爬得遠遠的，不斷瑟瑟發抖，模樣說有多可憐就有多可憐。

葉千秋啐了她一口，「怎麼？有種拐我們來餵饕餮，沒種看到我們活著出來？」

丹茵越發抖得像是狂風中的落葉。

她顫抖著細聲道：「能活著出來的人，應該比那怪物還要可怕……」

葉千秋懶得理會她，她現在不再把丹茵當成尋常幼女看待了，這傢伙都能引他們來餵饕餮，還有什麼事情做不出來？再說，她恐怕早知道紅鬱已死，卻按著不說，心機之深令人毛骨悚然。

葉千秋走過去，踢踢丹茵，「那饕餮是妳的主人吧？我殺了牠，就是妳的主人了，我要妳帶我們出去。」

丹茵垂首，什麼也沒說，安分地到前頭帶路。

葉千秋拖著蘇輕，懷中揣著紅鬱的屍骨，跟著丹茵走。路途彎彎繞繞，葉千秋根本記不得方向，她本來打算記起來，想想還是放棄了，這種鬼地方，給錢她也不會再來。

再說，饕餮是極凶惡的靈獸，不可能跟其他凶獸並居，所以這裡應該是安全的。如果真的不幸，丹茵又把他們帶去餵妖怪，那乾脆一起死吧。

葉千秋懷抱著這樣的心情前行，沒想到竟然真的順利回到了人世間。

她們回到人間的時候，還是在那棟大樓，葉千秋也不管別人的日光，繼續一路拖著蘇輕回家，等到她把蘇輕拖到床板上的時候，整個人幾乎已經脫力了。

再怎麼說蘇輕也是個男人，就算是少年，身子依舊沉甸甸的。

只是雖然把蘇輕拖了回來，葉千秋卻不知道接下來該怎麼做。

送醫嗎？要是一不小心被發現他不是人，說不定被解剖了都找不到人要屍體。

放著不管嗎？應該不會糊里糊塗就死了吧……

葉千秋嘆了口氣，她現在最想做的事情是去殺了該死的冥界鬼士，而不是在這裡對著蘇輕發愁。

她想了半天，乾脆去買了一整套傷藥，在蘇輕的傷口上密密敷滿藥膏，然後用繃帶捆得嚴嚴實實。她一邊處理，一邊在心裡埋怨。

你這傢伙好麻煩啊……

爲什麼不乾脆讓我變成疫鬼就好呢？

這苦肉計用錯人了，你知不知道？

之後葉千秋替他換藥的時候，竟是拿刀子直接把爛肉割出來，眼睛都不眨一下。

只是蘇輕說什麼就是不醒。就算傷口慢慢好了，還長了新肉，他不醒就是不醒。葉千秋踹也踹過，打也打過，甚至曾跨坐在蘇輕的肚子上，掐著他的脖子要他醒來。

蘇輕都沒有半點反應。

他只是一直沉睡著，像是要睡到天荒地老。

葉千秋不知道暗罵了他多少次，難道這傢伙小時候是看睡美人長大的？

還是他有奇怪的Cosplay癖好？

蘇輕，你眞的好煩人啊……

葉千秋別無他法，只能繼續守著他。

丹茵偶爾會過來送些吃的，她現在眞的把葉千秋當成主人了，要不是葉千秋嫌她討人厭，她甚至會每天照三餐過來請安。

一開始丹茵眞的這樣做了，只是被葉千秋趕過幾回之後，現在改爲幾日才來一次，送一些乾糧跟飲水，送完了就走，偶爾會拿那雙大眼睛瞅著葉千秋，卻什麼話都不說。

葉千秋沒有問丹茵哪來的錢，在人世間行走，幾乎做什麼都需要錢，一文錢能難死一名英雄好漢，而丹茵外表不過是個孩子，照理說賺錢更是不易，難道她也和蘇輕一樣，能從口袋裡一把抓出鈔票？但想歸想，葉千秋也沒心情去深究。

她當時說自己是丹茵的主人，只是因爲想離開那個饕餮的空間，而不是眞的想要丹茵服侍她。只是丹茵送來了東西就走，幾次下來，葉千秋便懶得管了。

她守著蘇輕，日復一日，夏天很快地過了，秋天、冬天也都過了。新年的那一天，氣溫極低，外邊的喧鬧一聲大過一聲，大家都在慶祝新年的到來。

葉千秋坐在房間的床鋪邊上，看著沉睡的蘇輕，一言不發。其實這幾個月以來，她不曾跟蘇輕說過任何一句話，她只是一開始瞪著他，後來看著他，再接下來不看他，最後又注視著他。

這人眞好看。

怎麼有人能夠這麼好看，像天上的神仙一樣？可蘇輕總說天上的人是鳥人，意思是沒他好看嗎？

或許這世上，也只有一個蘇輕生得這樣好看了。

在第一千次這樣想的時候，她終於伸出自己的手覆上蘇輕的手。

「蘇輕，醒來吧。」

她輕輕開口。外邊的天色慢慢暗了，屋裡一片黑，她在陰影裡握著蘇輕的手。

「我不當疫鬼了。你要我留下來，我就留下來。你是我和這世間的最後一點連結，你醒來吧，我會留下來的……」

葉千秋垂著眸光，像是想了很多，又像是什麼都沒有想。

這人如此霸道，硬是用這種方式緊緊地把她留在這個世界上，也沒有商量餘地，不過就這樣吧……

如果還有人需要她，那她就留下來吧。

蘇輕緩緩睜開眼睛。

他笑得那樣蒼白，微微張開了嘴，久未使用的喉嚨連一點聲音都發不出來。

但他仍然用嘴型告訴葉千秋：「我會永遠陪妳。」

葉千秋跟蘇輕會走到一起，原因眞的是錯綜複雜。

冥界鬼主跟天上仙人都有各自的打算，他們彷彿在下一盤很龐大的棋局，而葉千秋跟蘇輕就是他們手上的黑子跟白子。

黑子跟白子走到了一塊兒，最後會是什麼結果？

兩邊都還在觀望。

葉千秋跟蘇輕不知道他們心底的盤算，只打定了主意，他們不選。

他們沒有選擇，那麼就不選。

葉千秋不成疫鬼，對冥界鬼主來說就無用；葉千秋不成疫鬼，蘇輕就不用殺她。這一局是死局，黑子和白子堅決不走任何一步。

不出意料的，首先按捺不住的是冥界鬼主。他養蠱養了這麼多年，怎麼能容許有人橫插一手，把他的蠱王給撈走？

來犯的小鬼越發的多了。

但是黑子和白子有了協議，形成攻守同盟，他們決心反抗命運，眼前沒得選，就一步都不走。

蘇輕一反之前作壁上觀的樣子，他替葉千秋斬鬼、滅鬼氣，一絲一毫的鬼氣都到不了葉千秋身上，來犯的小鬼全數死於蘇輕爪下。

葉千秋也開始處理那一百零八人皮鬼眾，這一百零八鬼眾雖然歸附於她，卻沒有與她完全融合，因爲當時紅鬱留了個心眼，想著有一天葉千秋或許能與這一百零八鬼眾徹底切割。

現在時間有了，葉千秋開始著手進行這項大工程。

這一百零八人皮鬼眾身上都有葉千秋的鬼氣，如果貿然驅趕，只會讓鬼氣全數回流到葉千秋身上，情況會變成像當初在畫卷中的時候一樣，葉千秋必成疫鬼。

但他們一直寄居在葉千秋身上也不是辦法，葉千秋越熟練地使用這些鬼氣，就越可能會成爲疫鬼，而這是蘇輕與葉千秋要全力阻止的事情。

所以，她親手縫製了一百零八個人形娃娃，在娃娃的腹中放入自己的髮與血，還借了蘇輕的白毛一根，讓一百零八鬼眾的靈魂安居於娃娃之中。

所有縫好的人形娃娃整整齊齊地擺放成一排，第一次看到的丹茵嚇得把手上的東西都摔了。娃娃縫製的水準參差不齊，眼歪嘴斜的大有人在，只有最後幾個堪稱完美，精緻得像是能拿出去販售的布偶。

不過那幾個鬼氣森森，也是人皮眾裡頭最凶惡的幾個。

縫製完成的那一天，她長長嘆了口氣，「都去吧，你們留在我身邊也無用。你們帶著我身上的鬼氣，不能離開我太遠，但想做什麼都去吧，只要不傷人害命，我不阻攔你們。」

一百零八個人形娃娃齊齊跪下，同聲應允。

接著，娃娃們飛身而出，他們身上有葉千秋的鬼氣，基本術法都能使用，尋常小妖小怪奈何不了他們，而且只要不出這個城市都能行動自如。

葉千秋足足縫了三個月，蘇輕也替她斬鬼斬了三個月。別的且不說，至少葉千秋身上的鬼氣淡了很多，甚至面色還變得紅潤，身上也多長了一些肉，看起來健康不少，更接近活人的標準了。

對於這種情況，蘇輕自然是喜聞樂見，他很鴕鳥地想著，反正鳥人給他的命令只有一條，那就是在葉千秋成了疫鬼之後將她斬殺。

可是鳥人沒說葉千秋必定得成疫鬼。

也沒說他不能幫葉千秋。

至於葉千秋如果真的成了疫鬼，那殺不殺她呢？

蘇輕喜孜孜地想著，只要葉千秋不成疫鬼，他們就不用做出選擇。

這個問題不須花費時間去思考。

但冥界鬼主終究按捺不住，他的疫鬼養了近二十個年頭，終於要熟成了，怎麼能讓一隻小小天狐插手？於是他親自前來了。

某日三更時分，他調動了千分之一的影子，降臨人間。

強烈的威壓籠罩了葉千秋所住的公寓，只是一瞬間，樓內的凡人便全數死絕，被冥界鬼主收割。

葉千秋跟蘇輕在第一時間就醒了。

即使他們醒得極快，冥界鬼主的影子仍是更快，一下如濃墨般降臨在他們面前，整棟公寓如死城一般，死亡的氣息還在不斷往外蔓延。

葉千秋張了張口，竟是啞了。她什麼話都說不出來，也不知道該氣憤還是畏懼，那些是一條條的人命啊！

隔壁那個喜歡蘇輕喜歡得不得了的阿姊。

右前方那對吵架時總是朝對方扔枕頭的小情侶。

左邊的左邊那個聽說在當警察，好幾天才回來一次的大叔。

以及樓上、樓下……

還有，聽說前陣子某戶剛誕生了個娃。

葉千秋抽出腰間的刀，筆直地指著冥界鬼主。

冥界鬼主第一次在他們面前露出臉孔，如此鬼氣森森的男人容貌卻是那麼好看，他跟蒼白如雪的蘇輕不一樣，俊美得像是天神，瞳孔如墨色一般漆黑，嘴角噙著淺淺的笑。

「妳長大了，千秋。」

他的聲音如春天和煦的風，緩緩拂過大地，令人感到無比舒爽。

葉千秋卻翻身嘔吐，她看到這男人就想吐，噁心巴拉的，還有臉叫她千秋，千你妹！

葉千秋憑藉著怒氣將內心最後一句話喊了出來，聲音倒是回來了。她不怕激怒冥界鬼主，但一旁的蘇輕臉色全白了。

冥界鬼主微微一笑，似乎完全不以為意。他搖搖頭，「千秋，以後不能再這麼調皮了，跟我回去吧！我想，也已經放妳在人間夠久了。」

葉千秋吐得連膽汁都要出來了。

這男人到底是憑什麼用這麼噁心的嗓音叫她的名字，還溫柔得像是能掐出水來？他也不想想，她這輩子亂七八糟的命運都是誰給的。

蘇輕吞了一口口水。

說實話，他很害怕，比起面對冥界鬼主的魅力還能吐得亂七八糟的葉千秋，蘇輕簡直怕得腿都在打顫。他被關了千年，對於這些神神鬼鬼特別恐懼，一看到就想炸毛。

但是不行，現在不行，他不能炸毛也不能逃。他跟葉千秋說好了，他們這兩枚倒楣棋子要把這盤棋局硬生生擰成死局！

他往前踏一步，把葉千秋護在後面，「你滾，她哪裡都不去！」

冥界鬼主面對蘇輕就沒這麼好脾氣了，他輕哼一聲，蘇輕幾乎被壓得跪下來，接著他威壓全開，蘇輕一瞬間七孔流血。

蘇輕隨手一抹，鮮血竟是糊了滿臉。

但他不退，他在賭一件事情。

爲什麼鳥人要讓他來？

爲什麼冥界鬼主只能調動影子前來？

他們兩邊喜歡互鬥，就去鬥到天崩地裂，那爲什麼還要有棋子的存在？

蘇輕賭，這是因爲他們都不能親自對凡間出手！

所以他朝天一吼，展露出巨大的眞身，銀白色的狐狸昂然站在冥界鬼主面前。他後腿一蹬，張嘴往前撲咬，金色的眼眸流露出燦爛金光，速度不斷地往上提升，跟冥界鬼主纏鬥在一起。

越打他便越是心驚，冥界鬼主的影子無比強悍，幾乎立於不敗之地，不過因爲只是一點影子而已，所以鬼氣森森跟強烈的威壓都只是表面上的，這點影子幾乎沒有任何神力。

蘇輕豁出去了，他賭對了第一件事情，接著他要賭第二件事，賭鳥人不會坐視不管。

仙人殷殷勸戒，世界法則既霸道又不講理，要是把這次的帳也算在他頭上，他可就倒大楣了。眼前的對頭死了是最好，但他可不想一起陪葬。

「論起理來也不全是我的錯！」

冥界鬼主不滿地哼了一聲，還是收了收身周的鬼氣，外邊死人的情況總算消停了一些。他伸手向仙人一攤，「還我。」

「還你什麼？」仙人揚眉，裝成什麼都不知道的模樣。

「把我的鬼子還給我，我有大用，你少來礙事！」

「哦？區區鬼子於你能有何用？說來聽聽。」

「干你何事？」

「不說？」

「無聊！」

兩人對峙了一會兒，接著敏銳地察覺到世界法則設下的天地禁制掃了過來，天空中有一隻眼睛正在緩緩張開，盯著不該出現在這裡的兩人。

「哎呀呀！訊、訊號不好，我得……回、回去啦！」

仙人一揮手，漫天大火往外蔓延，這個死對頭鬧了這一齣，還要他幫著遮掩，眞是不害臊啊不害臊！他隨口嚷嚷了幾句就消失了，走之前還宛如雜訊一樣閃了幾閃，氣得冥界鬼主差點咬碎一口牙。

冥界鬼主心頭火起，不過他抬頭一看，正好被半空中那隻眼睛望個正著，於是趕緊垂下眸光，轉眼間也散去了影子，消失在人間界。

這場大火猛烈地燒著，不管以什麼方式撲滅都無效，直到三天後的清晨，天降大雨，方圓百里內的火焰才慢慢熄了。

遍地焦黑，建築傾倒，此處已經空如死城，無一活物。

人間煉獄。

（未完待續）

番外　最後的溫柔

她是骨妖，只要骸骨不滅就不會得到真正的死亡。

她想，她能拿自己換葉千秋一世平安。

紅鬱是京城的名妓，她的本名是葉紅玉。

她本不該是青樓女子，她會入奴籍，一切只因一個貪字。

她模樣生得極好，眼如秋波、身段曼妙，風華絕代，世上所有形容女子美貌的詞彙，放在她身上都不顯突兀。但她就是太美了，美得連自己的命都斷送了。

在她十四歲那一年，父親的一個朋友來到家中，看到她之後簡直失了魂。父親的朋友在廳上失手摔了茶盞，葉紅玉心裡一驚，急忙退入後廳，沒想到她的未來在當下就碎成了一片片。

葉紅玉被那名商賈帶了回去，以千兩黃金買斷終身。一開始她幾乎不敢置信，她知道父親很需要資金來買鋪子，卻不知道父親能拿她去換鋪子。

她被養在青樓中兩年，學習各項才藝，不曾私下接過任何客人，商賈也不曾對她大聲說過一句話。

他說：「女子就該嬌養，才能養出如水一般的柔美氣質。」

葉紅玉信了，她依商賈之言認眞學習，琴棋書畫無一不通，尚未出閣就已名動京城。但她不知道的是，就算再嬌養，她也會在十六歲那年的生日宴會上，華麗地綻放一次後便殘敗。

她終究不是父母掌上的明珠，只是待價而沽的牡丹花。

葉紅玉在宴會後的當夜就死了，倒不是她想不開自盡，而是被凌虐致死，商賈將她賣給了一個有特殊癖好的官人。

其實商賈本來也捨不得，他栽培葉紅玉兩年，可不是只爲了一夜。但官人勢力龐大，出手更是闊綽，商賈想了想，也就罷了。殘花也是花，還是一朵美麗的花，反正身體殘了，美貌還在就好。他派了人在外面守著，以防那官人割葉紅玉的面容取樂。

沒想到葉紅玉還是死了。

葉紅玉一直到躺在棺材裡，穿著華服入殮時，魂魄都沒有離開屍身。她不知道這樣正不正常，她只知道，她，好不甘心呀……

她的人生才剛剛開始，還是在這輩子最美麗的時候，卻已經躺在這裡，什麼都感覺不到。她不知道晴、不知道雨，聽不見聲音、看不見人影、聞不到味道、感覺不到東西。

她甚至覺得自己是不是發瘋了。

她很不甘心，她不想死，說什麼都不想。她的靈魂執著地留在身體內，慢慢地，她的肉身變成白骨，然後又逐漸重新附著了一點肉末，她用怨恨跟悲哀一點一點地把自己的肉體煉了回來。

一百年過去了，一千年過去了。

她睜著空洞的眼窩，想了很多很多，又像是什麼都沒有想。

她第一怨恨的是葉家，第二是那商賈，第三是官家。她想著要如何將他們凌遲至死，她要讓他們知道絕望和恐懼是什麼感覺。

某天，有人來盜墓，挖開了葉紅玉的墳，摸索著她手上的戒指。那官家極為大方，不僅辦了她的喪禮，還給了她陪葬品——一顆鑲嵌在戒指上的夜明珠。正是這顆夜明珠引來了盜墓者。

經過了千年，葉紅玉終於睜開眼睛。她定定地望著自己眼前的男人，輕輕開口：「葉家在哪裡？」

盜墓的年輕男子嚇壞了，當場一屁股坐到地上，尿了一地，他什麼話都說不出來，連跑都不知道要跑，只是眼睛瞪得大大的，像一隻青蛙。

葉紅玉笑了出來。

她掩嘴輕笑著，用完好的那半邊臉看著年輕男子，年輕男子回過神來之後，竟然臉一紅，一下向前爬，握住葉紅玉的手，「妳跟我回家吧，我照顧妳！」

葉紅玉吃吃地笑，拔下手上的夜明珠戒指扔到男子身上。

「我這一生被三個男人所毀，已非能夠締結良緣之人，此珠贈你，聊表心意。」

她邁步而出，身上的綢緞如新，豔麗的大紅衣袍迎風揚起，背後織繡的鮮紅牡丹張揚地盛開，那樣的絕豔、那樣的狂放。

葉紅玉本想先殺官家的人，再殺商賈，最後是葉家。

但一千年很長，長到滄海桑田、物是人非，連朝代都已經更迭，歲曆早已不同。

葉紅玉誰也沒找著，她的父母、買下她的商賈、虐死她的官家，全都消失在時代的洪流當中。她花了很長很長的時間才知道，外界竟然已經過了千年之久。

她不斷地追尋，又花了很長很長的時間才找到葉家的幾個後人，還發現了葉千秋。

當時葉千秋已經十歲了。

她隔著重重人海，看見那個撐著一把傘，抿著唇，臉龐線條銳利的女孩，竟有些恍然。殺，還是不殺？

葉千秋也是葉家一脈，她想殺光葉家人，可是葉千秋站在那裡的模樣，就像當年挺著背脊走進商賈家中的她。

那孩子有一把不服輸的傲骨。

她看了葉千秋三年。

葉千秋身邊的親人來來去去，誰也沒眞的伸出手拉這孩子一把，葉紅玉說不出心裡是什麼滋味，她彷彿看到了自己。

那樣不願低頭，說什麼都不肯示弱，冷淡寡情得讓全世界都以爲她沒心沒肺。

葉千秋十三歲那年，葉家將她送進預先租好的套房後，就再也不聞不問。

葉紅玉終於眞正憤怒了。

她殺掉了葉家所有人，只放過了了外姓子嗣，然後出現在葉千秋面前。

她對著葉千秋伸出手，開口說：「叫我紅鬱姨，我是妳的姨娘。」

然後她將手上的傘插入地面，一瞬間斬殺了葉千秋身旁所有的影妖，嫣然一笑。「我會保護妳。」

葉千秋盯著她，慢慢褪去戒備的神情，好半晌才搖搖頭，「不，我不需要人保護。但妳可以教我嗎？」她指指死了一地的影妖，「教我這個。」

葉紅玉哂然，大方點頭，「行。」

從那一天起，葉紅玉便化名爲紅鬱，她不曾跟葉千秋說過兩人血緣上的關係。她教葉千秋煉骨爲刀，教葉千秋如何斬鬼殺妖，兩人看似親近，卻又因爲脾性太過相似而有些疏離。

葉千秋不跟她住在一起，十天半個月才來找她一次。

葉千秋明明想喊她娘，卻喊她姨。

葉千秋受傷了，她心疼得不得了；但葉千秋快成疫鬼了，她又想殺了葉千秋。

兩人既親近又疏遠，可是葉紅玉就這樣停下來了，停在葉千秋身邊，看望著這個孩子一天一天長開來，也一天一天變得更像她。

事實上，葉千秋並沒有葉紅玉那樣的美貌。能夠讓看遍大江南北各色女人的商賈摔碎了茶盞，葉紅玉的容顏還是絕無僅有的。只是葉千秋那股倔強、那種壓抑的冷情，還有骨子裡的狂暴，都和葉紅玉十分相像。

所以最後，葉紅玉還是爲了葉千秋找上了冥界鬼主。

她不知道冥界鬼主要葉千秋做什麼，但她是更珍貴更難得一見的骨妖，疫鬼只是妖鬼的一種，雖然珍稀卻沒有大用，而她只要骸骨不滅就不會得到眞正的死亡。

她想，她能拿自己換葉千秋一世平安。

她不知道冥界鬼主另有打算，他容葉紅玉待在葉千秋身旁多年，只是爲了毀掉葉千秋最後一點身爲人的情感與柔軟。

冥界鬼主把葉紅玉賞給了饕餮，命牠慢慢吃食掉葉紅玉身上的血肉，一點肉渣都不能留下來；他讓饕餮把葉紅玉的骨頭舔著玩，連縫隙都用舌尖鑽進去吸吮。

葉紅玉不知道自己是不是眞的死了，畢竟她上次死亡的時候，已經是千年以前的事了。她只是在散去神識之前，看著饕餮的雙眼，想著一件事情。

如果葉千秋不要找來就好了……

她閉上雙眼，不知道要向誰祈禱這樣一個卑微的心願。

神者無明。

終究無明。

後記　閃閃發亮的緣分

我很喜歡打線上遊戲。

身爲一個在台北成長的都市小孩，我從小宅到大，小四就玩石器時代，小五直上天堂，接下來天堂二、魔獸世界、AION、GW2，我都沒有缺席。（卷一的情人節跳點活動就是來自GW2：激戰二，當時眞的讓我跳到抱著垃圾桶吐啊……）

國中以前，我媽不太管我，反正我隨便考考都是全班前三名（超臭屁），但是國中之後，她不知道去哪個菜市場聽到「打線上遊戲會變壞」的謠言，因此開始強烈禁止我玩線上遊戲。

不過大家看到前面那一串簡直能到遊戲公司上班的輝煌履歷就知道，最後我還是贏了。

身爲一個骨灰級玩家，坦白說，我其實沒有把虛擬與現實區分得非常徹底。屆時大家看完整套《鬼道少女》，或許就能發現，其實無論是現實世界還是虛擬空間，在我的心底都是一個完整的世界。每一個螢幕後頭都是一顆眞實的人心，大家都是活生生的人，有情感、有血肉。我們因爲短暫的緣分而聚集在一起，因爲共同的目標而在遊戲裡一起冒險，這是多麼難能可貴的經驗。

千秋因為自身的特殊，必須離群索居，這也是她一頭栽進線上遊戲的原因。她把遊戲中的每個夥伴，都當成無法在現實裡觸得的朋友，不管玩哪一款遊戲，角色都叫冷凝香，即使好幾年後回過頭來，覺得這名字真是中二得無法直視，她也不希望和曾經的朋友相見不相識。

她藉著遊戲滿足自己接觸人群的情感需求，也倚靠著遊戲在現實中生存，即使在病重之時，也只有遊戲能夠讓她燃起眼底的火焰。（啊糟糕！我是不是劇透了？）這部分的心境上，有不少是來自我本身的經歷。當然，我沒能靠著遊戲賺錢，但在年少時，那種擁有朋友的歸屬感大大安定了我的身心發展。我能夠收起青春期的尖銳與暴戾，很大一部分是因為遊戲世界的遼闊與夥伴。

我在線上遊戲裡認識了很多朋友。我沒有千秋的毅力（一方面也是我初始的ID比她的要中二百倍），但我一直都記著很多人。前陣子我還參加了遊戲中朋友的現實婚禮，起先到場的時候，我有些訥訥的，畢竟我們相識十年卻從未見過面，可是他一開口我就知道，啊，是他啊！那種滋味真的很奇妙，也很美好。

線上遊戲將許多不可能在現實中有交集的人聚在一起，織成無數細網，而人與人之間的緣分就是網上閃閃發亮的光芒。每個時代的孩子都有自己的珍貴回憶，而我這個時代的孩子最珍貴的回憶，或許就是線上遊戲中，與夥伴們一次次的冒險。

我們沒有農田、河流與蟋蟀，但我們有副本跟世界王。

下一次在遊戲裡看到我的時候，可以打個招呼，我們或許能成爲很好的夥伴，一起在無邊無際的世界裡冒險，到時候，我會告訴你更多千秋跟小狐狸的故事。

逢時

國家圖書館出版品預行編目資料

鬼道少女．1，我的鄰居是天狐／逢時著. -- 初版.
-- 臺北市；城邦原創出版：家庭傳媒城邦分公司
發行, 民 104.07
面；公分

ISBN 978-986-91519-8-6（平裝）

857.7 104010877

鬼道少女 01 我的鄰居是天狐

作　　者／逢時
企畫選書／楊馥蔓
責任編輯／陳思涵

行銷業務／林政杰
總 編 輯／楊馥蔓
總 經 理／伍文翠
發 行 人／何飛鵬
法律顧問／台英國際商務法律事務所　羅明通律師
出　　版／城邦原創股份有限公司
台北市中山區民生東路二段 149 號 6 樓 A 室
電話：(02) 2509-5506　傳眞：(02) 2500-1933
E-mail：service@popo.tw
發　　行／英屬蓋曼群島商家庭傳媒股份有限公司城邦分公司
聯絡地址：台北市中山區民生東路二段 141 號 11 樓
書虫客服服務專線：(02) 25007718・(02) 25007719
24小時傳眞服務：(02) 25001990・(02) 25001991
服務時間：週一至週五09:30-12:00・13:30-17:00
郵撥帳號：19863813　戶名：書虫股份有限公司
讀者服務信箱 email：service@readingclub.com.tw
城邦讀書花園網址：www.cite.com.tw
香港發行所／城邦（香港）出版集團有限公司
地址：香港灣仔駱克道 193 號東超商業中心 1 樓
email：hkcite@biznetvigator.com
電話：(852)25086231　傳眞：(852) 25789337
馬新發行所／城邦（馬新）出版集團 Cité(M)Sdn. Bhd.
41, Jalan Radin Anum, Bandar Baru Sri Petaling,
57000 Kuala Lumpur, Malaysia.
電話：(603) 90578822　傳眞：(603) 90576622
email:cite@cite.com.my

封面插畫／YinYin
封面設計／蔡佩紋
印　　刷／城邦印書館股份有限公司
電腦排版／陳瑜安
經 銷 商／高見文化行銷股份有限公司
客服專線：0800-055-365　傳眞：(02)2668-9790

■ 2015 年（民 104）7月初版　Printed in Taiwan

定價／230元

ISBN 978-986-91519-8-6

本書如有缺頁、倒裝，請來信至service@popo.tw，會有專人協助換書事宜，謝謝！

POPO城邦原創 www.popo.tw

城邦讀書花園 www.cite.com.tw